아리랑 시문학회 편

아리랑 꿈

한누리미디어

국립중앙도서관 출판시도서목록(CIP)

아리랑 꿈 : 김미경, 김안숙, 김원희, 마정아, 문혜옥, 박정현, 배화자, 유문숙, 이상미, 정은란 [저] ; 아리랑 시문학회 편. ― 서울 : 한누리미디어, 2013
  p. ; cm

ISBN 978-89-7969-448-2 03810 : ₩10000

한국 현대시[韓國 現代詩]

811.7-KDC5
895.715-DDC21   CIP2013001553

詩와 사람

詩란 무엇일까? 시는 어느 이론과 세계관 속에 시가 있는 것이 아니라, 시 속에 이론과 세계관이 있는 것이다.

오늘날까지 많은 시인들이 시를 연구하여 나름의 개성 있는 정의를 피력해 왔다. 하지만 시의 얼굴을 각양각색으로 색칠만 해 놓았을 뿐 어느 한 지점이라도 통일성을 도출시키지는 못했다.

동서양의 시의 원조로 알려진 두 사람은 시를 이렇게 말해 왔다. 먼저 동양의 대 석학인 공자(孔子)는 시를 사무사(思無邪) 즉 생각에 사투함이 없는 것으로 해석했다. 다시 말해 시는 거짓된 위선이 없는 아름답고 신비로운 자연과 사람의 영혼적인 관계란 것이다.

서양의 대철학자 아리스토텔레스(Aristoteles)는 시를 운율적 언어에 의한 모방 즉 사물의 형상을 운율적 언어에 담는 것으로 해석하고 있다. 그리고 보면 동양의 공자는 시의 정신적인 면을 강조했고, 서양의 아리스토텔레스는 시의 기법적인 면에 치우친 인상이 짙다. 이 두 사람만의 해석의 관점이 이렇게 차이가 있는데 열 사람의 해석은 열 가지의 차이가 있을 수 있다.

그러므로 시는 정답도 없고, 스승도 없다는 것이다. 오직 스승이 있다면 대 자연과 자신의 감성과 사색일 뿐이다.

어느 소년이 아인슈타인에게 "죽음이 무엇입니까?" 하고 물었더니 아인슈타인은 "죽음이란 아름다운 시를 더 이상 들을 수 없는 것이다"라고 대답했다고 한다. 죽음은 온갖 아름다운 것 중에서 특히 시와의 이별인 것이다. 시는 이렇게 세상에서 가장 아름답고 신비로운 것이다.

시란 사람의 자유로운 상상의 표현을 통해 내 속의 감성을 일깨워 사물과 현상을 은유하며 세상을 언어의 마음 속에 그려 간다.

따라서 무한한 형상과 힘의 화합을 끄집어내어 환상을 일으키는 방식으로 예술 중에서 가장 으뜸 사상을 가진 창작의 깊은 명상이며, 인간 언어의 창조적 완성체인 '예술적 행동'인 것이다.

이러한 시는 시대와 개인의 시각에 따라 편차를 보일 뿐 아니라, 그 다양한 성질과 요소가 모두 인간의 감정과 체험을 담아내는 양식의 선이 없는 그릇에 다름 아니다.

그러므로 시의 주제가 자연이든, 우주이든, 인간에 대한 수많은 의문을 해결하기 위해 시인들은 인간 존재의 근원인 삶을 탐색하게 되면, 그러한 과정 속에 시는 삶을 반영하는 도구로 원용된다.

이제 여러분은 시를 말하기 위해 어머니 손을 잡고 걸음마를 배우며 옹알이 하는 단계에 있다. 앞으로 시인으로서 인간의 행복한 심성의 순간을 아름답게 창조적으로 해석해 가야 하는 사명감을 가져야 한다. 본래 문학이란 장르를 떠나 존재하는 것으로 장르라는 형식의 논리에 문학예술을 가두는 것은 마치 사람의 신체가 감옥에 구금당하는 것과 같은 것이다.

비디오 아티스트 백남준을 우리는 기억하고 있다. 그는 인류에게 그 동안의 예술 형식에서 벗어날 것을 주문했다. 그가 생전에 행한 각종 예술 행위는 가히 우리의 상상을 뛰어넘는 것이었다. 우리가 그를 시대를 앞서간 천재라고 부르는 이유도 이 점 때문이다.

나는 시를 쓰고자 하는 모든 시인들에게 이제 어느 장르적인 틀의 형식에서 벗어날 것을 주문한다. 그저 마음이 가는 대로 시를 쓰고, 나를 포함한 주위로부터 감흥과 공감을 불러일으키고, 서로의 희로애락을 환기시키며 감정을 나눌 수가 있다면, 최고의 문학예술인이 되는 것이다. 시는 궁극적으로 보다 향상된 풍요로운 삶 보다 아름답고 행복한 인생을 위한 양식이며 토양인 것이다.

따라서 시가 진정한 가치를 획득하기 위해서는 대자연과 삶 속에 내면 되어 있는 진실을 포착하는 데 있다.

이러한 시는 절제된 언어 속에 인간의 깊은 사색을 함축시켜야 하므로 흔히 시인을 언어의 발견자 또는 창조가로 지칭한다. 시문학을 하고자 하는 '아리랑 시문학회' 시인 여러분의 새벽 같은 눈동자는 어둠을 뚫고 내린 이슬보다 맑게 신선했고, 두터운 땅을 비집고 일어선 아지랑이처럼 생명을 노래하고자 하는 기개가 있었다. SNS 사상 최초로 대통령 선거 유세 현장 활동을 '민주카톡' 이라는 공간을 통해 신선한 역사를 만들어 냈던 민주동인회 시인들의 숭고한 정신은 아리랑 시문학회 시인들이 출판하는 《아리랑 꿈》에 영원한 감동으로 기록될 것이다.

시의 세계는 사람 마음보다 세상의 생각보다 넓고 깊은 것이다. 그곳에서 영혼의 보석을 찾아 대자연의 심언을 통해 많은 사람들에게 언어의 빛으로 꿈과 희망을 노래하는 아름다운 시인이 되길 바란다.

임 영 모

(시인, 소설가, 수필가, 문화예술평론가, 민주당 사회문화예술위원장)

차례 Contents

배화자

김원희

차례 Contents

이상미

문혜옥

마정아

유문숙

차례 Contents

김안숙

김미경

정은란

소녀시절 · 어머니의 숨결 · 고향의 첫날 · 겨울비와 소년 · 하얀 향기의 순정
눈꽃에 핀 눈물 · 삶의 여정 · 언니와 세월 생각 · 가족의 이름 · 오빠 생각

교보생명 소장(강남특별본부)
교보생명 V.I.P마케팅 상담 담당
광주 한샘학원 강사
영광보람학원장
사랑나누기 사회봉사단장
민족 아리랑 문화예술협의회 대외협력위원장
시문학 동인회 시인
자연시낭송 동호회 회원

소녀시절

이슬 한 방울 뚝 떨어진 거울 앞에
까만 치마 하얀 저고리
솔잎처럼 가지런한 단발머리
봄의 향기 여고시절
학교 화단 꽃들도 기죽은 설렘이었다.

꿈도 달님 같고 시샘이 별빛 같고
욕심이 해 덩어리 같았던
추억을 쌓아가던 시절
꽃피고 새가 우는 봄날의 마음
잘 어울리는 노래의 자유가 있었다.

시간을 탐낸 무정한 세월
연분홍 사랑과 보라색 그리움
은하수처럼 쏟아지던
청춘시절 소녀의 꿈과 희망
사계절 바꿔 놓듯
꽃과 나무처럼 바꿔 놓고 말았다.

아무리 생각을 돌려봐도

그 아름다운 시간은 점점 멀어져 가고
희미한 꿈속의 그림자만 서성일 뿐
내 마음에 걸어 놓은
추억의 사진첩으로 나를 보고 있구나.

나의 여고시절 발걸음에는
예쁜 친구들이 봄날을 맴도는 꽃잎처럼 날아와서
멀게 돌아온 저 남쪽 길을
바람과 구름이 되어 넘어간다.
그 날 그 소녀의 사랑을 만나보고 싶다.

어머니의 숨결

꽃잎이 떨어지면
이파리는 눈물에 젖습니다.
그러다 바람이 불면
줄기는 찢어지는 슬픈 소리를 지릅니다.

어머니 어머니는
온종일 불러봐도 목마르지 않은
자연 속에 생성해 가는 물결이 되어
바람도 울부짖는 애원의 가슴 속입니다.

내가 살던 시골 강촌에서
농사일 손에 들고 보따리장수 머리에 이고
꿈엔들 내려놓지 못한 팔남매
그 근심걱정 얼마나 무거웠을까요?

설날이면 때때옷 내 동생 색동저고리
우리 언니 연분홍 치마
내 신발 코빼기고무신 사랑을 삼아 주신
거울 빛 속에 어머니의 얼굴이 보입니다.

한평생 낳은 정 기른 정으로
굽이굽이 흘러가는 세월 길에
밤낮으로 눈앞의 다리가 되어 주신
멀고 험한 세상의 손짓이 되었습니다.

전화 속에서 흘러나오는
어머니의 길게 울리는 음성은
내 몸에 숨 쉬는 맑은 호흡 되어
삶을 헤쳐 가는 끝나지 않은 사랑의 노래입니다.

고향의 첫날

첫날이었다.
아가의 울음소리 누구를 부르나
엄마를 부르는 세상의 종을 친다.
우리 집 담 넘어 고향 산천에
영광의 박수 소리가 울려 퍼진다.

나의 첫 사랑 엄마의 품속은
삶의 꿈을 꾸는 첫 걸음마 뛰던 곳
나를 보듬어주는 고향에서
세월 속에 인연 따라 가는 길
내 삶 가치를 지켜 주었다.

생명의 산천 숨결소리
뒷동산 나뭇가지에 올려놓고
구름을 타고 내려온 별꽃이 피어나면
밤마다 아름다운 공주 되어
사랑의 길을 찾아 꿈꾸었다.

넘실거리는 파도 물결이
갈매기 날갯짓 따라

세상을 향한 그리움을
어릴 적 햇살에 빚어지는
푸른 옷을 입고 향수의 춤을 추고 싶다.

빛과 소금이 있는 염전 바닥에는
일용할 양식에 첫 손이 가는
생명의 원천이 창조적으로 탄생되는 갯벌에서
그리움이 살고 있을 그 자리를 찾아가서
그 옛날 내 마음을 만나보러 가고 싶다.

겨울비와 소년

밤새 어둠을 두드리며
청아한 소리 발걸음에 담은
단아한 겨울비의 리듬은
꿈속에 님이 부르는 환상곡이었다.

삶의 터전을 향해 빗줄기 사이를 달려가는
사람의 숱한 희로애락도
겨울 빗줄기의 쓸쓸함을 아는지
세월도 더듬거리며 지나간다.

10년 이상 이 길을 따라 꿈과 희망을 노래했지만
어제의 마음은 추억에서 밀고
오늘의 생각을 미래로 끄는
비 오는 구름 속에 피어나는 햇살이 손짓한다.

소녀 시절 수줍은 얼굴처럼 맑은 강가에 비치던
그 소년의 그림자 같은 물빛이
내 마을을 둘러싼 채
오랜 설렘의 흔적을 찾아 온다.

세월도 찾지 못한 내 마음 속에는
옷깃에 젖는 빗방울이 손님처럼 찾아오는데
그 소년은 어느 비를 맞으며
무엇을 위한 봄날을 기다리고 있을까?

하얀 향기의 순정

사시사철 갈아입는 자연을
세월 묵은 무게를 덜어내고
속옷마저도 걸친 둥 마는 둥
자연 무상을 알려주는 겨울은
인생의 심오한 가르침을 받는다.

님은 하얀 눈 속에
세상 가는 길 생명의 멜로디를 치고
이 겨울에 사람의 꿈을 꾸며
눈꽃 송이는 희망의 손이 되어
삶의 길가에 겹겹이 축복으로 쌓인다.

손에 쥐어 봐도 마음에 넣어도
보이지 않는 허세의 멍에가
사람의 꿈인 양 겨울을 움켜쥔 채
욕심을 생각 너머까지 담고
눈빛마저도 흐리게 만든 장님이 산다.

가벼운 꿈의 향기는 겨울에 피어나는
영롱한 물방울 속에

하얀 순정으로 자리잡은
속살 같은 숨결이 노래하니
사람들은 겨울 새벽빛으로 세월을 간다.

눈꽃에 핀 눈물

일년을 모은 하늘의 그리움이
자유의 하얀 꽃으로 날아와서
산천초목 가지가지 제 짝을 찾아
누가 들을세라 살포시 내려앉은 자리
생명의 찬미 겨울 사랑의 눈꽃을 피웁니다.

사람을 그리던 영혼의 모습을
세상에 손가락마다 인연을 맺고
첫눈의 하얀 순정을 모아둔
산하를 두른 어느 나뭇가지라도
은빛 눈물 꽃은 환상의 꿈을 꿉니다.

깊은 마음 속까지 보이며
티 없이 맑고 청순한 얼굴로
세월의 마음 자연의 눈빛 속에
쏙 들어앉아 있는 눈꽃은
때가 되면 눈물 되어 흘러갑니다.

겨울의 미궁 속으로 빠져 들어
바람소리에 묻혀 흔적 없이 사라지면

저 하늘 구름 위에 올라
출렁이는 별빛으로 흐르는
어느 날 갑자기 추상화가 됩니다.

사무침이 깊어 그리움이 울면
겨울 가는 발걸음이 님 생각에 빠져
눈꽃 흔적마저 사라진 어둠 속에서
하얗게 정제된 영혼을 열고
눈꽃이 한 송이 마음에 담아둡니다.

삶의 여정

눈빛에 들어오는 바다 멀리
어둠의 저편 생각 속에서
길고 먼 상상 속에 울어대는
검푸른 파도 물결소리가
가슴을 두드리는 숨소리처럼 다가옵니다.

출렁이는 파도의 추상화는
노을이 피어나는 하늘보다
꿈을 찾는 세상길에서
삶의 애환이 절어 있는 몸부림이
한 폭의 그림처럼 닮은 것 같습니다.

끝도 갓도 없는 생각의 첫발은
높은 산을 넘어가는 아득함이고
그러다가 다시 찾아오는 어둠처럼
하루가 십년 가듯 늘어진 길에
무거운 보따리를 메고 길을 갑니다.

슬픈 일은 그림자 뒤에 숨고
외로움은 갈매기 파도를 타고

힘든 일은 산자락 구름을 품고
섭리대로 일어서는 봄빛 향기는
내 품안에서 꽃으로 피어납니다.

언니와 세월 생각

어린이 학교시절
소망의 작은 자리를 채우고
꿈이 머문 사람은
나의 가슴에 꽃밭을 이루고
철따라 피어 있는 언니 꽃이었다.

언니의 교실이 나의 놀이터가 되고
누가 시샘하는 눈치를 하든 말든
속삭이는 정으로 도시락을 나눠 먹고
두 자매 사랑을 키워 가던 시절은
긴 추억 속에 전설이 되어 나를 부른다.

지금도 눈감으면
옛날이 눈 속에서 일어나
우리 언니와 동심을 함께 놀던
섬섬옥수 같은 맑은 향수가
내 마음 삶의 자리에 머물러 있다.

어느 날 달과 별처럼
이 넓은 세상에서

언니의 자리 내 자리를 찾아가는
우리 자매 숙명의 인생길에서
비워진 한쪽을 채우기 위해 저 앞의 언니를 본다.

가족의 이름

낮에 그늘이 가린 그림자라도
밤에 어둠이 가린 나무일지라도
눈빛도 가물한 흔적 속에서
바람보다 먼저 알아본 내 가족이 아닌가.

내 몸에 숨 쉬는 님의 목소리
자연의 공기 속 이야기처럼
세상을 움직이는 신비한 섭리로
사랑을 위해 뛰어온 삶의 시간들이다.

꽃밭 같은 아름다운 테두리
세파의 담벼락에 부딪쳐도
넘어져도 또 일어나는 아우성은
생동하는 리듬의 북소리를 울린다.

숱한 세월 길 곳곳에 숨어 있는
임자 없는 보물을 찾아 길 떠나는 인생
행복의 샘을 파는 힘의 발걸음은
가족이란 이름으로 오늘을 살아간다.

오빠 생각

봄을 알리는 아침나절에
따뜻한 햇살의 눈빛을 머금고
들판에 내 마음을 풀어놓은 것 같은
파릇파릇한 새싹을 보면서 오빠를 불러봅니다.

봄이 오는 향기로운 바람결이
꽃잎 같은 내 마음을 열고
버들피리 소리처럼 들려올 때
동녘에 햇살은 어느새 내 옆에 앉아있습니다.

동심의 꿈나라가
하늘에 구름처럼 떠다닐 때
새털구름 떨어질세라
큰 뭉게구름이 두 손 꼭 잡아주었습니다.

흘러가는 세월의 강에 나룻배처럼
어린 동생의 꿈을 띄워 주었던 오빠는
희로애락이 뿌리고 간 머릿결을 바라보니
시린 눈꽃처럼 뼛속까지 눈물로 젖어옵니다.

박 정 현

에스엠 시스텍 대표
한국 경제연구소 정책연구위원
민주당 사회문화예술위원회 부위원장
민주당 남양주 갑 여성위원 간사
민족 아리랑 문학예술협의회 예술위원장
시문학 동인회 시인
사회봉사 여성의 손길 회원
민주당 중앙대의원

소녀의 향기

꿈속에서 떠난 님처럼
그 날을 어디 가서 찾을까?
늙어 가는 세월 속에
여고시절 추억이 손금에는 없고
반쯤 내려앉은 눈빛 속에 웃고 있구나.

세월을 못이긴 빛바랜 흑백사진 속에
친구의 마음을 남기고 온 어제 아침 같은 그 날들이
채송화 꽃 그늘지는
고향집 처마자락이 마당에 서 있다.

푸른 솔잎 같은 단발머리 사이로
꽃잎 같은 사랑을 숨기던
푸른 이파리 설렘의 모양들이
새벽녘 꿈결처럼 되살아난다.

이름이 얼굴이었던 그 친구들의 음성이
옛날을 불러 보는 메아리로 떠돌며
봄바람에 터지는 감성을 잡고
눈물에 젖어 보는 소녀의 세월이 그립다.

야생화와 달빛

밤에 피는 야생화는
사랑을 위한 몸부림으로
영원의 그리움을 태우며
달빛 품은 순정 어린 향수를
누가 볼세라 안개꽃 다발에
사모하는 영혼의 약속을 부풀어준다.

어둠 속에 긴긴 밤 숨결을 감추고
모든 꽃들이 꿈속에 있을 때
남 몰래 피는 사연 바람만 전하니
깊게 잠긴 정일수록 연분을 감추고
사람들의 눈을 피해 사물들의 귀를 돌아
달빛만 바라보고 마음을 비친다.

님을 그린 사무침이
떠날 새벽이 밝아오면
달님은 구름 속으로 얼굴을 감추고
짙은 안개 살결 산야에 내려앉아
달님이 전하는 그리움을 풀어놓을 때
젖은 이슬방울 야생화에 눈물이 됩니다.

어머니의 물결

눈을 떠도 눈을 감아도 보이는
끝도 갓도 없는 사랑의 나무
글 속에 없는 글이 살고 있습니다.

어머니의 세 글자의 폭은
들과 강과 산을 넘어
만물이 소생하는 광활한 생명입니다.

표현의 거울인 얼굴도
천 냥의 사람의 말도 만 냥의 사람의 글도
어머니 사랑 앞에는 벙어리가 됩니다.

내 존재 가치가 구름처럼 휘날리고
땅 위에 나무 뿌리처럼 심어 놓은
어머니의 손길을 누가 흉내 낼 수 있을까요?

꿈에도 생시에도 꼼짝없는 그 자리에서
어머니는 내 그림자 눈빛 속에서
달처럼 훤히 밝히고 있습니다.

두터운 땅을 뚫고 일어서서
낮은 데로 흘러가는 고요한 물결이
까닭이 있던가요? 사연이 있던가요?

어머니 가슴 속에서 노 젓는 배가 되어
고랑이 되고 냇물이 되고 강물이 되고
바다로 나가는 생명의 물줄기입니다.

달 따라 가는 길

누구를 위한 그리움일까?
깨울 수 없는 기나긴 밤에
꿈속에서 속삭이는 수많은 은하수
은빛 물 들은 자태로 달님을 유혹한다.

눈 속에 담아 보는
활짝 문을 연 하늘 가슴은
사모한 내 마음을 품에 안고
구름결로 웃음꽃을 피워 준다.

삶의 길가다 돌부리에 채인
상처 난 고된 발걸음
소나무 그늘이 만져주면
어느새 바람 한 점 사랑이 된다.

님의 흔적 눈에 보이지 않아도
가슴에 묻어 두는 소망이
날이 새면 날아갈까
그리운 시간들이 흘러간다.

살아가는 까닭이 무엇이냐고
어둠에게 물으면
구름 속에 숨은 달님
어느새 길을 찾으려
밝은 얼굴 내려놓는다.

꽃피는 자리

한가롭게 노니는 구름을 보고
웃음이 피어 날 수 있다면
꽃잎의 얼굴이 아닐까?
햇살을 머금고 비를 적시며
아름다운 자리에서 피고 지는
꽃들의 사연과 이야기하고 싶다.

유유히 흐르는 물결을 보며
마음을 내려놓을 수 있다면
풀잎에 몸짓이 아닐까?
돌멩이를 품고 돌고 돌아가는
물결의 사랑에 푹 빠진
돌멩이의 인연을 엿듣고 싶다.

생각에는 맑은 눈을 열어 놓고
마음에는 넓은 거울을 걸어 놓고
타인의 행복도 만드는 손길로
햇살처럼 비치고 달처럼 밝히는
삶의 길에 꽃피는 자리가 되고 싶다.

새싹의 노래

들판에서 꼼지락 꼼지락
시냇물 소리 장단 삼고
천지간 산천에서 꾸물꾸물
산들바람 소리 가락 맞은
봄빛 물든 새싹들의 몸짓이다.

푸른 빛 화음을 모아
파릇파릇 입을 맞춘
숭고한 생명의 몸짓이
자연의 첫사랑 마음 속에
설레는 눈빛으로 바라본다.

스쳐 가는 흔적 누구일지라도
어여쁜 얼굴 빛 하나
이파리 속에 숨기지 않고
차별 없이 행복을 주는
희망의 새 이름 새싹이 아닌가.

세상길 걸을 때

허공에 떠도는 구름 한 점처럼
길 잃은 외로움이 물결칠 때
아련히 떠오르는 눈동자 속에
친구의 웃음소리가 피어나니
가슴 속에 숨어 있던 행복이 나를 부른다.

인생 희로애락 삶에 얽힌
기나긴 여정의 고독을
멍에의 보따리를 풀어주는
마음 닮은 인연이 있어
축 처진 어깨에 날개 하나 붙인 것 같다.

세상길 걸어갈 때
햇빛 따라 가는 친구보다
어둠 속에 달빛 따라가는
세월 묵은 빛바랜 추억으로
어둠길 버리지 않는 친구가 좋다.

말없는 공기의 생명으로
돌부리 만 리 길이라도

내 발걸음 폭에 장단 맞춰
사계절 쉬지 않고 동행하며
나를 따라온 저 바람결이 아니던가.

벚꽃의 추억

꽃마다 얼굴 색깔도 다르고
마음을 전하는 향기도 다르다
봄날을 사랑하는 꽃들의 이야기는
영혼을 만들어 가는 꿈속 길 같다.

눈에 보이는 모습을 봐도
마음에 와 닿는 느낌 속을 봐도
온몸이 님을 부르는 손길이
이른 아침 진실한 바람처럼 불어온다.

자유의 품안에서 자연을 노래하는
여인의 숨결 같은 벚꽃의 향연은
마음의 창을 열고 세상을 보는
그림 같은 꽃눈이 되어 내 눈 속에 내린다.

거짓 없는 하얀 그리움을
내 가족의 품까지 꿈의 설렘으로
옛날 추억을 꽃잎에 펼치며
세상의 무늬가 되어 행복을 그려준다.

사랑의 발자국

귀 막은 사람 눈 감은 사람은
들을 수도 볼 수도 없으니
어찌 생명 품은 봄인들
꽃향기 코끝에 닿을 수나 있겠는가?

돼지 목에 꽃목걸이 걸어 주면
저절로 찾아온 봄이런가 할쏘냐?
꽃송이 마음을 활짝 열어도
그 품안에 들 수 없어 그늘에 숨는다.

사랑의 발자국 봄비에 젖으면
무슨 색깔로 향기를 만들어
누굴 위해 그 날을 맞이할 건가?
웃지 못할 그리움이 갈 길을 잃는다.

한복의 영혼

세월 품은 인생의 굽이굽이처럼
삶의 희로애락 꿈이 흐르고
아리랑 선율 따라 곱게 피어나는
사람의 숭고한 정신이 한 올 한 올 깃든
한 자락 한 자락의 역사의 꽃이런다.

바람결이 그려주는 눈빛을 따라
하늘거리는 잠자리의 고운 자태는
자연의 날갯짓 상상으로
신비로운 세월의 곡선 하나 하나가
마음 속에 펼쳐진 사랑의 꽃이 아니런가?

저 만치서 숱한 세월도 비켜간
우리 민족 고유의 아름다움이
세상의 큰 자락 모양으로 남아
영원한 천연 색깔이 가는 곳마다
한복의 영혼 빛 향기가 숨쉰다.

배 화 자

고향의 풍경 · 사람의 세월 · 눈꽃 여인 · 추억을 부르는 소리 · 꽃들의 꿈
하얀 바람의 빛 · 늙지 않는 꽃의 세월 · 하얀 그리움의 소리 · 님의 여향 · 바람도 그러하거늘

파코메리 화장품 원주시 대표
화진 화장품 상무대우
민주당 강원도 여성회장
민주당 문화예술위원회 부위원장
민주당 중앙대의원
적십자 강원 봉사회 지부장
민족 아리랑 문화예술협의회 홍보위원장
시문학 동인회 시인

고향의 풍경

세월을 훌쩍 뛰어넘는 신비한 세상
무거운 가슴에 삶의 날개를 달고
낮에도 밤에도 새날을 맞는 풍경 속에
자연처럼 익어가는 사랑이
굴뚝 연기처럼 훈훈하게 피어나던 고향이다.

활짝 웃는 얼굴로 타오르는 영롱한 햇살은
꿈과 희망이 기쁨과 슬픔이
인생 희로애락 길을 보여주던
논두렁 길 밭두렁 길 따라
들풀이 흙냄새를 노래하던 곳이다.

세상 발걸음 출렁거리며
억만 겁의 인연을 골라 맺은
영원한 생명의 자리가
오늘은 꽃으로 피고 내일은 씨로 맺어서
근원의 자리를 지킬 것이다.

바람아 구름아 고향아 사람아
한 번 온 세상 길다가도 짧은 세월 길에서

꿈길이나마 길동무 되어
아름다운 세상이야기 고향 산천
메아리를 불러 오랫동안 같이 놀다 가자꾸나.

사람의 세월

바람 따라 가 버린 낙엽처럼
사람도 가 버린 세상길에서
머리 어깨 등에 이고 메고 지고 가는
덧없는 삶의 무게가
한 몸에 넘쳐 흘러내린다.

해가 가고 달이 가도
달라질 게 없는 이치가
다시 옛날로 갈 수 없는
꿈쩍없는 세월 속에서
추억을 잡고 세월을 불러 본다.

향수에 젖어 소리치는
그리움에 목 메인 나의 목소리
날개처럼 달고 고향 가는 바람이
밝게 웃는 햇살이 되어
온종일 내 걸음 따라온다.

바다 물결 산천을 건드리며
사람을 노래할 때

갈매기 울음소리 내 귀를 넘어
저 산마루에 앉아
뱃고동 우는 소리 다시 들어 본다.

눈꽃 여인

눈꽃 송이 피어나는 날에
하얀 님의 마음 속에서
안개비가 강가에 내리면
은하수 빠져 노닐던 물결에
만년 바위 뒤에 숨어 버린
달빛의 눈동자가 그립습니다.

들판을 빙빙 둘러 앉아
바람 길을 일려주던 부지런한 들꽃도
눈발 속에 향기까지 묻어둔 채
꽁꽁 얼어붙은 세월 나그네 그림자에
긴긴 겨울밤 이야기를 넣어
봄날을 품을 향기를 만듭니다.

세속의 사물은 산산이 떠나가고
미처 버리지 못한 낙엽 하나가
나그네 손 같은 나뭇가지에 목을 매고
찬 겨울 바람을 운명으로 맞는
무성하던 장미 넝쿨에
얼음 꽃 한 송이 얼굴을 만져 봅니다.

추억을 부르는 소리

보고 싶고 그리운 사람이 있습니다.
옛날에 돌담 넘어 봉숭아 꽃잎으로
맑은 이슬방울 같은 손톱에
빠알간 꽃밭을 가꾸며
동심의 꿈을 소꿉장난에 키웠던 친구들입니다.

고개 돌려 뒤를 보면
그 세월이 눈앞에 잡힐 것만 같은데
불빛 없는 밤처럼 한 치가 보이지 않고
세월 따라 늙어 가는 인생이
마음 속의 그 추억만 어루만집니다.

나 여기 있고 그곳에 머물러 있는데
다시 만날 수 없는 길 위에서
세월은 밤낮으로 가는 세상 속에서
친구의 목소리를 새소리처럼
담장을 넘어 들려 올 수 없을까요?

꽃들의 꿈

돌 틈 사이를 비집고
겨울을 이긴 생명의 새순들이
눈도 밝고 귀도 밝아
꿈인지 생시인지 알아내고
비몽사몽간의 졸음을 떨친다.

겨울 속의 봄인가?
봄 속의 겨울인가?
겨울은 채 떠날 준비가 안 되었는데
세월은 자꾸 가자고
사방의 바람을 시켜 밀어낸다.

하얀 겨울 속에
어머니의 소망을 담은
치마저고리 살그머니 풀어 제치고
겨울 내내 잉태한 꽃씨 하나
봄 가는 길 손가락을 내민다.

일 년 중 가장 큰 사랑을
그렇게도 꿈꾸던 눈 속에

그리움을 품고 있던 동백도
푸른 이파리에 마음 주고
봄 향기 첫사랑 얼굴을 돌린다.

하얀 바람의 빛

고요한 공간 속의 세상
벌레 울음소리 귀에 담고
달을 태우고 가는 구름
어둠보다 깊은
하얀 명상에 잠긴다.

구름의 숨소리가
나뭇가지에 내려앉아
달빛 타고
어둠을 가르며
바람의 등을 민다.

한낮의 햇살을
짝사랑하고 사라질
그리운 소슬바람
내일은 어디로 가는 걸까?

쓸쓸한 가로등 멀리 사라질 때
하늘에 샛별 하나
또 꿈을 찾아

내일 밤을 간다.
하얀 바람의 빛을 따라 간다.

늙지 않는 꽃의 세월

사람의 눈에
하늘과 땅은
늘 그대로인데
자연은 움직인다
사람은 늙어 간다.

바람이 가는 세월 길에
낮에 피는 꽃
밤에 피는 꽃
하루하루 고단한 삶
떨치지 못하지만
그래도 세상이 좋아서 산다.

사물의 색깔마다
아프고 슬픈 사연이 있을지라도
얼룩진 눈물을 이파리에 감추고
주름살 없는 웃음만을 피우며
자연이 좋아 그 자리를 지킨다.

넓든 좁든

얼굴 한쪽 내밀면
다른 소유를 넘보지 않는다.
늙지 않는 꽃의 세월
우주의 수많은 별꽃처럼 피어난다.

하얀 그리움의 소리

낮은 소리로 불러보는 향기 따라
바람보다 먼저 달려가서
그 님에게 구름처럼 머물러
빈 가슴 채워주는 하얀 그리움입니다.

아무리 멀고 험한 곳에 있어도
철새처럼 둥지를 틀고
때가 되면 가고 오는
이별과 만남을 숙명이라 여기겠습니다.

강가에서 물새가 울면
들꽃에 이슬이 맺히고
산 속에서 산새가 울면
눈 덮인 낙엽 잎새 눈물짓습니다.

님의 여향

자연 속에 숨 쉬는 사물
돌보는 이 비바람일까? 햇살일까?
때가 되면 주고받는 그 사랑
살아가는 가르침은 누구일까요?

홀로 커 가는 마음 속에
비에 젖은 풀잎에 감추고
세월도 가고 사람도 가도
봄날 꽃비에 향기를 휘날린다.

홀로 커 가는 마음
하염없이 비를 맞는데
그 사람 그 날의 행복한 체취는
나의 생각 속에 잠들어 있어요.

산야에 피는 꽃은 지고 나면
그 흔적마저 사라지지만
그리운 마음에 피는 꽃은
낮은 소리로 불리어지는 여향입니다.

바람도 그러하거늘

사계절 어느 한 곳에서
아무리 발버둥 쳐도
바람도 혼자 갈 수 없으니
산이 높아 주저앉고
나뭇가지 만만하게 보다
바위에 걸려 막혀 물에 빠진다.

하늘 땅 사이 숨 쉴 새도 없이
거침없이 천리 길 만리 길
밀어 주고 끌어 주는 손길 없어도
노랫가락 신명을 울려대며
사람 마음 거들떠보지도 않지만
잡초 뿌리 하나 건들지 못한 연약함이다.

한 뼘도 안 되는 풀잎이
눈먼 바람결에 넘어져도
언덕에 부딪친 바람몰이
탈탈 털고 비웃기라도 하듯이
질긴 생명의 아름다움으로
얼른 고개 들고 하늘을 본다.

김 원 희

어머니의 소원 · 고향의 향수 · 인생의 약속 · 님의 영혼의 사랑 · 세월의 소망
그 사람의 찬가 · 꽃의 마음 · 삶의 여정 · 세상길 인생길 · 사람의 향기 소리

민주당 중앙당 문화예술 부위원장
종로구 문화예술 위원장
서울시 종로구 여성 예비군 대원
어머니 봉사단 사무국장
민족 아리랑 문학예술협의회 문화위원장
시문학 동인회 시인
종로구 1-4가동 여성회장
종로구 의용소방 대원

어머니의 소원

조용한 호수에
여울지는 물결의 노래
내 마음 속에 물방울 하나
뚝 떨어져 맴돕니다.

눈을 감으면 어머니가 보이고
눈을 뜨면 세상이 보이는데
숨은 그림 당신을 그려 봅니다.

하루의 세월 만년의 시름이고
삶의 보따리 바람에 빼앗길세라
당신의 젊음 꿈속에 두고
자식 사랑 움켜쥐셨습니다.

당신의 딸이 어머니 되어
사랑을 잉태하는 그 기쁨을
삶의 길에 일러준
잠을 깨운 기도였던가요?

세월이 잠든 당신의 손길 마디마다

따뜻한 햇살 스며들 때면
돌담 등진 나뭇가지 이파리 숨어서
어둠 속에 이슬이 맺혔답니다.

나의 어머니로 살아온
반평생의 은혜는 땅이라 밟고 일어서서
효심을 찾아 저 높은 하늘을 새처럼 날아서
한눈에 내려다보는 저 흰 구름을 마음에 담겠습니다.

고향의 향수

세월도 놓고 간 고향의 사랑
새벽빛 사색에 빠진
한여름 밤의 보름달은
인생 여정 꿈을 싣고 가는 삐거덕 덜커덩
소달구지 삶이 그리운 고향 길이다.

덜지 못한 삶의 무게만큼이나
굽은 멍에로 채워진 천년의 신음소리는
누구에게도 말 못한 희로애락 가슴에 품은 채
타고난 팔자를 어머니 가슴에 묻고
세월만 바라보고 살아온 숨 쉬는 고향의 운명이었다.

살 길 따라 철새처럼 삶의 길 찾아 나설 때
정들었던 돌부리도 내 걸음 가로막고
뒷동산 부엉새도 구슬프게 울어대고
어느덧 나뭇가지에는 까치의 노랫소리
우리 아버지 소식 가져올 편지였다.

그렇게 아버지 따라 사방에 인정을 두고
엄마 마음 속을 고향이라 여겼던 자리

피고 지는 꽃잎을 고향의 향수로 품고
산 넘어 불암산 기슭을 바라보니
세월 길에 삶의 보따리를 내려놓고 긴 향수를 부른다.

인생의 약속

밀려오는 추억을 만지면
떠나가는 그리운 소리가
바람 따라 가는 길에 손사래 친다.

인생의 많은 자리에
두 마음을 담아 놓고
무엇을 놓을까? 무엇을 잡을까?

잡을 수 없는 꿈길 속에서
아련한 느낌만 맴도는 순간
지나간 들꽃 향기 내 마음에 잠긴다.

일상을 벗어난 그림자
소리 없이 내리는 빗줄기 따라
잠든 나를 깨우치고 싶다.

가고 오는 세월
삶의 무게 흔들고 가지만
그래도 놓칠 수 없는 사랑이 붙잡는다.

천만 번 외면하지 말자
아침처럼 다짐한 나의 마음을
약속을 놓칠까 끝내 되새겨보는 길이다.

님의 영혼의 사랑

마음에 색깔도 물들지 않고
눈에 훤히 보이는 하얀 사랑
누굴 위한 가식의 옷도 없이
자연의 모습 있는 그대로
신비를 채운 소복한 흰 눈이 되어
어둠 사이로 조용히 앉아 님을 기다린다.

님을 기다리는 그리움도
긴 밤을 지새우는 설렘으로
행여 엉클어진 풀 섶에 들킬세라
그림자 하나 남김없이
바람 밑에 누운 자리
새벽녘 님의 발자국 길을 맞이한다.

구름이 머물다 떠난 뒤에도
이슬방울로 인연을 맺고
또 하나의 사랑을 만들어
부드러운 손길 잡아 놓은
잊지 못할 그리움을
세월 속에 하얀 마음 영혼을 그려본다.

세월의 소망

세월이 가면 꽃잎이 고개를 떨굴까?
바람이 불면 얼굴을 숙일까?
벙어리 냉가슴 앓듯 입 다문 날에
그림자 동행 삼아 소원의 길
님의 발자국 흔적 없이 돌아앉았네.

세상에 둘도 없는 짝이 되어
두 어깨에 짊어진 무거운 삶에
한 발 한 발 내딛는 발걸음마다
해가 뜨고 지는 날을 품고
노을빛에 희망 찾아 달을 그린다.

희로애락에 얽힌 숨소리가
아무리 힘들고 거칠어도
길가에 박힌 돌멩이를 보면
꽃향기 날려 가는 봄날 속에
이슬처럼 맞이할 세월이 눈을 뜬다.

그 사람의 찬가

바람결도 어루만지는
해맑은 얼굴에 그려진
님의 그림 같은 미소가.

바보 같은 모습
순진한 눈길 속에
햇살이 지나간 자리에.

입술마저 붉게 타오른
사랑의 찬가는
가슴을 울리는 그리움이 되어.

좀 먼 훗날
연기처럼 먼지처럼
바람 따라 날아갈 인연일지라도.

떨어지는 꽃잎처럼
흔들리는 갈대처럼
그 날 위한 자리에서.

버리지 못한
그 시절 그녀의 마음으로
세월이 가도 그 사람 희망을 품습니다.

꽃의 마음

산천에서 인연 따라 타고난 자리
운명이라 여기며 떠나지 않고
밤낮을 가리지 않은 채
생존을 뿌리 깊게 내려놓고
세월이 지나갈 틈새를 열어 놓는다.

사방 공중에 매달린 나뭇가지
시샘하는 모진 비바람 결에
상상의 곡예를 하며 흔들리지만
지나간 바람보다 먼저 고개를 들고
다시 세상을 향해 손짓하며 일어선다.

사람 마음 속에 피어나는
따뜻한 온실 속의 화초는
사계절 바람 피할 수는 있지만
창밖으로 얼굴을 내미는
그 향기는 자취를 잃어버린다.

겨울의 눈보라를 이기고
봄바람에 옷깃을 여미는

천지간 들꽃의 이름으로
삶의 길에 꽃의 향기를
자연의 마음처럼 늘어놓고 싶다.

삶의 여정

동전 굴러가는 소리
사람의 길인가? 꿈의 도전인가?
삶의 여정이 동전의 양면처럼
덜그럭 또르륵 뒤집기 재주만 부린다.

눈에 보이지 않는 상상 따라
세 가지 선율이 어우러져
동전 들어가는 소리가
코끝에 향기로 매달린다.

말도 없이 살금살금
바람의 손처럼 가볍게 쥐고
내 입술에 가득히 다가와서
한 모금 두 모금 생명이 흘러간다.

온몸에 스며드는 차 한 잔에
캄캄한 길에선 한 줄기 빛이 되어
긴 한숨을 탈탈 털어버리고
이른 아침 햇살처럼 삶을 만난다.

세상길 인생길

어제는 꿈꾸는 추억의 길
오늘은 그리운 사랑의 길
태양은 삶을 안고 돌고
달은 희망을 품고 뜬다.

똑 같은 하늘 아래
똑 같은 시간 속에
사물과 사람은 생명을 위해
하루 하루의 사연을 만들어 간다.

어떤 사람에게는 기다려지는 아침이고
또 누구에게는 저물어 가는 저녁이라
소망과 절망이 한 걸음 그림자 사이에
세상길 인생길이 어디로 갈까 서성인다.

갇혀 버린 울타리 속에서
선택할 수 없는 운명은
바로 가는 길 햇살이 얼굴을 펴주고
돌아가는 길 먹구름이 얼굴을 가린다.

사람의 향기 소리

밤에는 꿈을 깨우고
낮에는 봄 마중 가는
부지런한 저 바람소리.

오고 가는 세월
한 치도 놓지 않고
가슴에 움켜 안은 숱한 사연.

욕심 없는 나뭇가지를 붙잡고
맑은 소리 가슴 비벼대며
귓속에 뭐라 뭐라 전하는 말.

세월 지킨 나그네 그림자 같은
우두커니 서있던 입 다문 나무는
무슨 말인지 알아들었는지.

가지가지 있는 대로 흔들대며
긴 몸까지 흔들어대는 눈빛 속에
천지간 사물이 일어날 때면.

뛰어오는 인연의 숨소리가
내 마음에 찾아든 바람 소리에 실어
사람 얼굴에 봄날의 향기를 품어준다.

이상미

소녀의 기찻길 · 어머니의 마음 · 고향의 그림자 · 꿈꾸는 꽃송이 · 겨울비 연가
인생길 둥지 · 님을 향한 숨결 · 아가의 웃음 · 그림의 날개 · 겨울이 남긴 그리움 하나

동아관광투어 대표
한국 순수문학작가회의 회원
민주당 사회문화예술위원회 부위원장
이웃사랑 봉사회 사무국장
여성 문화 리더쉽 교육회관 강사
민족 아리랑 문화예술협의회 사무총장
시문학 동인회 시인
자연시낭송 동호회 회원

소녀의 기찻길

그리운 추억을 만드는 꽃피는 자리
설렘을 가득 채워 가던 시간
상미 정애 정숙이 은영이
숨 쉬는 그림자 같은 사랑이었다.

꽃 미소도 시샘하던 여고시절의 웃음
꽃향기도 돌아가던 교실에서 수다소리
아침 숲길에 지저귀는 새소리처럼
맑은 향기 품은 사랑의 공기가 되었다.

하얀 향기처럼 스며 있는 백합꽃
나와 물 그림자 맞추던 선생님이
익산의 마음 품은 백합꽃 향기 닮은 소녀라고
또 하나의 이름을 만들어 주었다.

그 여고시절 이파리 옆에 살짝 가린
핑크 꽃잎 하나 찍어놓은
꽃잎 같은 보조개 구름 위에 떠다니는
날개 달린 풍선을 타고 여고시절 꿈을 키워 왔다.

백합꽃 향기 닮은 얼굴이
학교 가는 기찻길에 오를 때면
푸른 산의 메아리 같은 남학생들의 목소리는
까만 교복에 눈동자 하나 기찻길 그리움을 애태웠다.

기찻길 바람보다 빠르게 지나가 버린
그 날의 소녀시절 사랑의 추억들이
아직도 내 마음 속에 기찻길은 놓여 있는데
지금은 친구 실은 그 기차는 오지 않는다.

어머니의 마음

어머니의 마음 같은 깊고 넓은 흙 속에
겹겹이 쌓인 노란 배추속이
아끼고 아낀 어머니 품성을
말없는 세월이 시절을 알려준다.

아가를 보듬듯이 배추 다발 이고 지고
흙을 파고 덮은 손길 하나
하룻길 여정이 깊어질 때
어머니 머릿결에 노을 빛 걸터앉는다.

하루해가 뜨고 지는 날 양식을 찾아가는
쉼 없는 땀박질 뒷걸음에
따라오던 세월도 얼른 가지 못하고
서산마루 뒷전에서 머뭇거린다.

철따라 갈아입은
변변한 옷 한 벌 없었던 우리 어머니
손가락 사이처럼 벌어진 털 스웨터 구멍에
황소바람 울면 송아지도 춤을 추듯 들락거린다.

물결처럼 마르지 않는 어머니의 땀방울 길 따라
자식들이 닦아준 깨끗한 손수건에
세월 길에 비가 온다. 사랑 길에 눈이 온다.
눈비에 젖는 모정의 길에 그리움이 물들인다.

고향의 그림자

작은 눈동자 세상에 들어온
내가 살던 동지산의 겨울은
눈이 하얀 마음을 깔아 놓은
아이들의 놀이터 눈썰매장이 있었다.

만년 스키복 비닐 포대에
솜털 같은 엉덩이를 맡기고
덩달아 신바람 난 바람 손에 들려
꿈이 놀던 고향의 사랑도 눈꽃으로 피어오른다.

엄동에서 잉태된 봄날이 오면
들판에 사랑의 속삭임 나물들이
언덕바지 고개 숙인 제비꽃도
어느새 웃고 있는 내 눈빛을 비춰준다.

피어나는 봄날의 속삭임이
개구리 울어대는 노랫소리 리듬 맞추고
오뉴월 바라보는 메뚜기도
아지랑이 너울 빛 따라 풀 향기 품고 춤을 춘다.

행복의 꿈만 남겨준 고향의 추억이
발걸음 닿는 곳마다 눈길 닿는 곳마다
허수아비 하나에도 향수가 담겨진
내 고향 산천을 불러 본다. 그 날의 인생을 노래한다.

꿈꾸는 꽃송이

숱한 생각 속에서 떠나보내고 싶은 일들
머리도 마음도 쉬고 싶을 때
무상이 흘러가 버린 시간처럼
일 속에 묻혀서 지나고 보니
어느새 옛날이 되어 버린 흔적이다.

꿈길에서 만난 인연처럼
내 곁을 애인처럼 찾아와
저 높은 공중에 매달린 무지개 빛깔로
마음에 풍선처럼 달아 놓은
바람처럼 손짓하는 사람이 나를 부른다.

때로는 하얀 꽃의 이름으로
어느 땐 보라 꽃의 향기로
봄날의 햇살을 마음에 흠뻑 적시고
온 누리에 눈빛으로 내릴 때
나의 꿈을 이룰 소망의 꿈이 되어 피어나고 있다.

호수의 고요함으로 시인의 영혼을 닮아 가는
옛날의 내 모습을 다시 부르며

문학소녀의 설렘을 꾹 참고
오랫동안 고개 숙인 꽃송이
이제 마음 밖으로 얼굴을 내민다.

겨울비 연가

겨울 찬바람이 서럽게 불던 어느 날
메마른 가지 위에 간신히 매달려
연약한 공중 곡예를 하며 생의 마지막 인사를 하는
서러운 나뭇잎의 운명을 보았습니다.

겨울비 내리는 허름한 골목길에
사람들의 수많은 발길에 뭉개진 채
하소연할 틈도 없이 비명에 젖은
슬픈 나뭇잎의 숙명을 눈에 넣었습니다.

어느 날 나는 겨울 길에 빗방울이 떨어져
또 그곳으로 흘러가는 소리를 듣고
그 앞에 산을 넘고 강을 손짓하니
파도가 되어 소리치는 아우성을 들었습니다.

비바람을 맞고 가는 세월도
자연의 길 따라 철 따라 쉬어 가지만
사람이 한 걸음도 머물지 못한 사정은
세상살이가 좁아 보이는 사람의 욕심 때문입니다.

인생길 둥지

근심 한 보따리 일 한 보따리
천근만근 멍에 같은 삶의 무게가
몸이 누운 자리 마음도 따라 누우니
꿈속에 이야기는 쉴 곳을 손짓한다.

사방 어디선가 들려오는 생명들
사물의 그림 같은 숨소리도
하루 종일 바람에 나부낀 흔적을
달빛에 젖은 이슬에 몸을 맡긴다.

사연 많은 어느 세월 길에서
그리움에 님의 그림자 손잡고
깊어 가는 어둠 속에 영혼을 찾아
세상 둘레 별빛 품안에서 사랑을 태운다.

때때로 천년지기 인연의 그리움이
앙상한 나무 같은 여정 길에
날개 접고 쉬어가는 둥지라면
꽃잎 향기의 고향 어머니 품에 안겨
사시사철 꿈속에서 피고 지는 자연으로 산다.

님을 향한 숨결

님이 오는 발걸음 소리에
봄길 마중 가던 실바람까지 비켜주고
구름 한 조각 같은 하얀 편지 속에는
새털처럼 날아 온 님의 숨결이 머문 자리
겨울 꽃이 피어나는 흔적이 되고 있어요.

솔잎 사이로 내미는 바람의 얼굴은
묵묵히 꿈꾸는 낙엽의 마음으로
한 올 한 올 님의 얼굴 수놓아 갈 때
사랑이 움트는 순결의 텃밭에는
햇살 한 모금 입에 물고 향기를 품어요.

사연 사연 지나온 긴 세월 속에
무엇을 놓치고 그리도 아쉬워 했길래
세상에서 가장 반가운 소식이 되어
백설의 몸짓 속에 찬미의 울림으로
인연의 그림자는 님을 향해 다가오네요.

사랑의 색깔을 모르는 나에게
일곱 빛깔 무지개 품은 꿈의 상상을

황홀한 등 뒤에 그림 같은 이미지를 남기고
나뭇가지가 올려주는 가벼운 몸짓 속에
세상보다 더 큰 흔적을 그려주었어요.

때가 되면 활짝 꽃 피는 마음으로
눈을 감고 떠보면 작은 새의 눈동자는
살아도 죽어도 님을 찾아가는 날개가 되어
세월도 따라서 인연의 뱃노래를 부르며
구름에 달 가듯이 그리운 노를 저어 가고 있어요.

아가의 웃음

겨울 찬바람을 가지에 부여잡고
하얀 눈 속에서 세상 본
개나리 실눈 망울이
봄날을 보는 첫 인사인 양
사람들의 눈길과 마주친다.

티 없는 하얀 얼굴 사이로
꿈속에 천사의 목소리가
귓전을 맴돌며 선율하던
노오란 미소의 울림은
아름다운 탄생의 향기가 된다.

몸 속에 파고들어 오는
신비의 기운 아우성은
가슴에 둥둥둥 북을 치며
아가의 입술에 사랑 소리로
새근새근 꿈꾸는 이야기가 들린다.

무심코 지나는 골목길에도
힘든 하루 발걸음 받아주고

강아지와 같이 놀던 집안 담벼락에서
굳은 내 얼굴 펴주는 손길이 되어
향기의 노래로 아가의 웃음은 피어난다.

그림의 날개

눈에 하나도 보이지 않는
자유의 날개가 창틀에 갇혀
감나무에서 울어대는 까치소리도
저 하늘을 떼지어 날아가는
기러기의 풍요로운 자태도
벽 그림으로 느껴지는 그리움이다.

발 달린 사람 눈 달린 사람
어딘들 못 가리요만은
마음 속에 박힌 고비가
짧은 끄나풀 문전에 매여
눈 없는 그림자처럼 내 몸에 맴돈다.

차라리 대문을 흔드는
가을날 바람에 떨어진 낙엽이 나으련만
여름날 쏟아지는 빗방울이 되어
저 앞개울을 건너 강으로 돌아가서
님이 부르는 바다의 가슴에 젖고 싶다.

어둠을 뒹구는 밤이슬 되어

달빛 내리는 그 곳에서
흙 속에서 꿈을 꾸더라도
귓전에 울리는 바람 소리 잡아
그리움에 지친 님의 음성 담아 두련다.

겨울이 남긴 그리움 하나

아직도 인정 많은 겨울 바람
산천의 가슴 곳곳 돌 틈에서
숨어 우는 서러운 밤 기운이
온 세상을 스산하게 덮고 있을 때
밤하늘 별 하나 내 귀속에 속삭입니다.

저 멀리 어느 곳에 누구일까?
풀벌레 산새들도 잠든 밤에
두터운 어둠을 품고 홀로 피어나는 야생화처럼
말없는 구름 한 점 가슴을 어루만지며
심신을 달래는 그림자 하나 보입니다.

찬이슬에 젖은 나뭇잎 설움보다
떨어지지 않는 슬픈 몸부림이
긴 악몽을 떨치는 꿈속으로 달려가
그 날의 어머니의 날개 달린
그리운 손수건 손길이 되고 싶습니다.

바람이 흔들어 놓은 나뭇잎일지라도
울음을 얼굴에 스미고 마는

굳게 꼭 담은 그 입술이
추워도 더워도 말없는 바위덩이처럼
절절함을 삭인 채 내 옆에 앉아 있습니다.

문혜옥

봄 향기 얼굴 · 가난한 사랑 까치밥 홍시 · 인연의 꿈 · 들국화 달빛 · 자연의 편지
꿈꾸는 물결 · 사람 가는 꿈의 길 · 동백기름과 동동구리무 · 친구의 이름 · 희망의 무지개 노래

광주광역시 북구 의원, 경제복지위원장
민주당 여성 지방의원협의회 상임대표
민주당 중앙당 여성위원회 부위원장
강신주내과 건강검진실 소장
문재인 대통령후보 국민특보
전남 장흥 관산중학교 교사
따뜻한 한반도 사랑나눔 북구 갑 회장
민족 아리랑 문화예술협의회 공동회장, 시문학 동인회 시인
한국 순수문학작가회의 후원회장

봄 향기 얼굴

돌 틈 사이를 비집는
겨울을 이긴 생명의 새순들이
눈도 밝고 귀도 밝아
꿈인지 생시인지 알아내고
비몽사몽간의 졸음을 떨친다.

겨울 속에 봄인가?
봄 속에 겨울인가?
겨울은 채 떠날 준비가 안 되었는데
세월은 자꾸자꾸 가자고
사방에 바람을 불어 밀어낸다.

텅 빈 하얀 겨울 속에
어머니의 소망을 담은
치마저고리 살그머니 풀어 제치고
겨울 내내 잉태한 꽃씨 하나
봄 가는 길 손가락을 내민다.

일 년 중 가장 큰사랑을
그렇게도 꿈꾸던 눈 속에

그리움을 품고 있던 동백도
푸른 이파리에 마음 주고
봄 향기 첫사랑 얼굴을 내민다.

가난한 사랑 까치밥 홍시

탐욕을 탈탈 털어 버린 감나무에
여남은 개 남은 까치밥 홍시
공중에 매달린 아슬아슬한 손길로
서로의 영혼을 붙잡는다.

봄날에는 말없는 감꽃으로
여름에는 그늘 꽃 이파리로
가을에는 가지 많은 사랑으로
세월을 기다리는 그리움이다.

그 중에 까치밥으로 뽑힌
가난한 홍시의 얼굴
겨울 가는 님을 기다리는
달콤한 향기 품은 꽃 중에 꽃이란다.

이제나 저제나
꿈속에 손님처럼 맞이할
까치님 사랑을 위해
수줍은 마음 어디다 숨길까
하얀 눈 설로 분단장한다.

찬바람 모아 님의 귓전에 닿도록
세월 소리를 울리고 있는 그리움이
자연 세상 사방의 눈으로 비친
대롱대롱 겨울 속에 마지막 여향으로
가난한 까치밥 홍시가 눈 속에 매달린다.

인연의 꿈

고개 돌려 저만치 보면
한 눈에서 놀고 있는
그 시절 그 자리가
꿈속에서 잠든 긴 밤이었다.

세월 따라 가는 인생일지라도
먼 인연의 꿈은
새벽의 형안으로 일어서서
봄바람에 지는 꽃잎을 바라본다.

가을날에 단풍 빛이 시들어도
사계절 늘 푸른 솔잎 같은 청춘은
아직도 추억 속에 단발머리는
세월도 놓쳐 버린 순정 빛깔로 남아 있구나.

우물가에 비쳐진 소녀 마음은
들판을 날으는 새처럼 가볍고
맑은 시냇물 소리처럼
세상을 이야기하는 입술이 예쁘다.

달이 웃고 별이 노래하면
어둠 속에 춤추는 이슬방울이
나뭇잎을 어루만지며
소녀의 마음으로 하얗게 떠오른다.

들국화 달빛

철 따라 피고 지는
꽃들의 향기가 내려앉아
들풀을 어루만지는 바람처럼
가을의 그리움을 불러온다.

세월을 잡아 놓고 물들이는
단풍잎의 웃음소리는
자연의 길목에 서성이며
깊어 가는 달빛을 사색한다.

가지마다 방울방울 맺은 정을
내일 모레 떨어진 낙엽에
찬이슬 묻히며 울부짖더라도
내년에 피어날 꿈을 땅에 묻는다.

기러기 날아가는 어둠 속에
흰 구름처럼 피워내는
들국화 여인의 마음으로
달빛을 여미며 가을 길을 품고 간다.

자연의 편지

자연이 열어준 마음 속에서
많은 사물들이 기지개를 켜고
가지에 묻은 겨울 흔적 하나
부지런한 바람의 손길로 벗겨주니
꽃망울 깨우는 햇살 한 모금 얼굴을 내민다.

이 산 저 산 산자락을 시샘하며
메아리처럼 지저귀는 동박새
바람보다 빨리 봄 편지 입에 물고
님이 피어 날 나뭇가지에 앉아
오색 빛 날갯짓 춤사위로 흥을 돋군다.

알록달록 꿈꾸고 있을 첫 사랑에
봄처녀 진달래 향수 품은 흔적을
움트는 연둣빛이 먼저 차지하고
아직은 뽀얀 속살 숨겨 놓은 채
길가는 사람의 미소 신비함을 더해 준다.

꿈꾸는 물결

바람의 손길이 어루만지는
봄 향기 실은 여인의 머릿결이
세월을 잡아 맨 아지랑이 선율에 따라
꿈꾸는 모양새가 나뭇가지처럼 뻗어 나간다.

낮밤을 쉬지 않고 모아둔 소망을
두 손에 힘껏 쥐어 놓았더니
겨울 뒷걸음 꽃샘바람 심술에 걸려
사방 풀잎 위에 날아가 숨어 버린다.

하얀 구름 사이로 내려다본
아가 눈빛 같은 맑은 햇살이
곱디고운 손마디에 내려앉아
향기 품은 꽃 이야기 웃음 꽃 피운다.

해가 가고 달이 가는 이날에
눈 속에 상상한 님의 모습을 그리며
토방마루가 구름자리로 두둥실 떠올라
싸리문 살랑대는 소리까지 귓전을 놀라게 한다.

무엇이 그리도 봄날을 기다렸을까?
얼음이 풀어지는 생명의 물결이 노래할 때
동네 까치들 옹기종기 모여 앉아 소식 전하니
님의 설렘은 메마른 산천에 메아리처럼 안긴다.

사람 가는 꿈의 길

사람이 걷는 골목길에도 나뭇가지에도
허름한 미물의 그림자 속에까지라도
눈 감은 자 눈뜬 자의 머리 위에서
숨김없는 진실을 내려놓은 달빛 하나
누구의 마음인들 들어서지 못하겠는가?

하나도 차별 없이 환한 웃음으로
말없이 밝은 마음을 내려주는 희망
저 달빛이 님의 것이 될 수 없듯이
나무 그늘만 못한 한 치의 그늘로
천지 영장류인 사람을 가리지 말게나.

어찌 이 꿈 많은 너른 세상인들
사람 혼자이면 무슨 의미가 있으련가?
저 민둥산에 홀로 선 나무를 바라
사계절 비바람 찬이슬 홀로 맞다 보니
겨울날 눈송이 하나 앉을 자리 없지 않더냐?

철 지난 낙엽 같은 사람 없으니
사물이 피고 질 때 누군들 탓한 것 봤소

해와 달을 따라 한 해 한 해 가다 보면
인생 청춘인들 마음속에 꿈이런가 하고 있을 때
하늘을 품었던 구름 한 조각 저 멀리 가지 않던가?

동백기름과 동동구리무

어머니의 정갈한 마음 속에서 나오는
소리 없는 사랑의 빛깔처럼
장에 가는 신작로 길에는
포플러 사이로 윤기가 번질번질
바람도 비켜가는 동백기름이
어머니 머릿결에 별꽃으로 피어난다.

긴 낭자머리 머릿결 따라
동백기름 고운 참빗질 속으로
햇살도 눈부시다 돌아서던
어머니 은비녀 꽂은 자리에
검은 빛 향기 그날에 머물며
세월이 빠트린 꿈처럼 그립구나.

새색시 살결 같은 어머니 주름살에
선녀들보다 예쁜 물감이 된 동동구리무
어머니 몰래 듬뿍 찍어 바른 얼굴에는
연지 곤지로 피어난 꽃밭이 되어
향기는 실은 가벼운 발걸음 날개 달고
덩달아 문풍지 바람 타고 동네 마실 나간다.

밤마다 꽃이 되고자
달그림자 따라가던 구름처럼
예쁜 어머니 고운 어머니도
동동구리무에 마음 빼앗기고
아름다움을 찾아가던 여자의 모습이
내 눈빛을 떠나지 않는 그 날의 향취로 살아 있다.

친구의 이름

가을날이 세월 속에서
길게 높게 꿈꾸는 새벽
푸른 빛 감추고 햇살을 맞는
이슬방울 맺힌 봉숭아꽃
친구를 향한 그리움이 풀잎에 숨어 운다.

추억이 떠나지 않은 고향 들녘에
친구들의 향기처럼 묻어온
저만치 가버린 세월을 불러 잡아
그래도 그 날을 찾아보는 목소리
가슴 속에 숨겨둔 이름을 부른다.

길가는 바람의 손길도 머무는
맨드라미 피어나는 들판에서
여름날 슬픈 비바람에 갈라져도
찢어지는 가슴을 꾹 움켜쥐고
고운 빛 잊지 말자며 가을을 다짐했었다.

그 옛날 사랑했던 어깨동무로
친구들의 이름을 적어보자

만년 소녀 웃음으로 꽃물들이며
나팔꽃 담쟁이같이 꿈을 오르던
그 날의 봉숭아꽃 닮은 그리움을 불러본다.

희망의 무지개 노래

까까 검은 머리카락 사리로
푸른 청춘 세상 꿈의 둥지를 틀고
깔깔대던 예쁜 얼굴 바라보며
하루 종일 웃어대던 봄날의 꽃잎도
웬지 부끄러워 이파리 뒤에 고개를 숙이던
향기 빛 닮은 단발머리 그 소녀를 불러 봅니다.

동무들아 나오너라 그 시절 가자
빛바랜 사진첩에 어두운 세월의 그림자가
이른 아침 동트는 햇살처럼
새날을 향한 우리들의 눈빛은
산에도 들에도 우리 동네 지붕에도
어머니 소망 품고 세상의 사랑으로 내려앉았구나.

광주가 민주의 합창을 노래할 때
이 강산 이슬방울도 눈물 되어 메아리로 울렸고
광주가 정의의 춤가락을 허공에 날릴 때
저 하늘에 뭉게구름도 두둥실 춤을 추고
풍선처럼 부푼 자유를 품고 일어선 심장의 뜨거운 물결은
이제는 무지개다리 긴 역사 위로 사람의 마음이 건너가고 있다.

마정아

소녀의 자리 · 어머니의 얼굴 · 고향의 봄날 · 님의 향기 · 삼도봉 천년의 꿈
사람과 사람 사이의 인연 · 영혼의 꽃송이 · 그림자의 눈물 · 아버지의 세월 · 꽃망울과 가랑잎

조선대학교 CEO 회장
리치 & 죠이 대표
글로벌 하우택 대표
한국 사랑봉사회 사무처장
문재인 대통령후보 시민사회 조직위원
민주당 사회문화예술위원회 부위원장
민족 아리랑 문화예술협의회 공동회장
시문학 동인회 시인, 자연시낭송 동호회 회원

소녀의 자리

시냇물이 졸졸졸
빨랫줄에 참새가 조잘조잘
반짝거리는 모래알 빛으로
소꿉장난처럼 꾸려지던 이야기가
맑은 공중에 연처럼 날린다.

총각 선생님 발자국 소리
소녀의 엷은 가슴 자리에 앉아
4분의 2박자 북을 치고
총각 선생님 눈길에 젖어
복숭아 얼굴 주렁주렁 열린다.

금실보다 색깔 고운
세월 먹은 여고생 단발머리는
벌 나비 떠난 꽃밭에 풀밭이 되어
이슬방울 마음에 내려앉으니
겨울 찬바람처럼 시리구나.

분필가루 꽃처럼 날리던
세상보다 넓은 우리들 교실에서

추억의 숨결을 연필 삼아
칠판에 친구들을 그려본다.
내 마음 하나 떼어지는 아픔이 온다.

어머니의 얼굴

낮에는 금자동아
밤에는 은자동아
해님 볼까 달님 볼까
뒤를 돌아보는 아가 걸음은
한잠 꿈에 바람 따라 어디 갔을까?

햇살에 미끄러진 숫처녀 얼굴에
꽃잎 하나 피어나면
봄이런가 웃고 웃던 날
꽃잎 하나 떨어지니
비바람에 젖어 울고 울었다.

눈을 감고 인생길
눈을 뜨고 세월길
자식 품고 세상길
유정 무정을 보듬고
사람 생각만큼이나 펼쳐 왔었다.

만국기 공중에서 신나게 재주 부릴 때
꽃구름처럼 피어오른 사랑

분가루 향기에 취해 버린
운동장 웃음 물결 따라
바람도 덩달아 어머니 치마 잡고 등을 밀어 줍니다.

세상 품은 삶의 눈동자
어머니 나이는 얼굴에 꿈을 이루고
그래도 근심걱정 떠날 수 없어
내 눈빛에 지난 세월이 겹겹이 앉아
두터운 사진첩에 그리운 할머니가 나를 봅니다.

먼 옛날 색깔로 쌓아 놓은 보자기 속에
사랑의 숨결로 꾹꾹 담아서
나의 발걸음 눈에 담으시던
겨울날 봄날의 새싹을 깨우는
어머니의 그 숨어 있는 햇살을 언제나 볼까요?

고향의 봄날

세월도 어루만지는 갈기갈기 찢겨진 흰 구름
시커먼 먹구름 속에 슬픈 하늘의 마음 숨기고
천둥번개로 허공을 치며 울어낼 때
내 고향 광주 사랑의 오월은
사람의 향기 품은 꽃을 잉태한
동지섣달 산고의 아픔으로 울었다.

자유를 날개처럼 입고 싶다.
민주를 쌀밥처럼 먹고 싶다.
공중에 매달린 풍선 속의 공기는 싫다.
아침 이슬 품고 있는
저 산천의 공기를 달라고 아우성이다.

숨통이 터져 버린 몸부림이
연분홍 진달래 꽃잎 같은
아지랑이 그 소녀 망월동에 달님으로
치맛자락을 잡고 자유의 춤을 춘다.

무릎 꿇고 살지 않은 정의의 피
오월의 푸른 바람도

메아리 그 소년 망월동의 해님으로
저고리 자락을 품고 민주를 노래한다.

구름도 바람도 무등산 산자락을 넘지 못하고
나뭇잎새마다 숨어 우는 이슬방울
이름 모를 새들의 울음소리를
무등산에 깊은 세월의 자리가 되어
계곡물처럼 세상으로 흘려보낸다.

내 부모 내 형제 자매 동지들아!
왜 너는 누굴 위한 군인의 총이 되어
피눈물 뿌린 원한의 땅을 짓밟았던 자국들
역사를 넘어 꿈속을 넘어 울리는 소리
우리 동네 소쩍새는 아직도 울지 못하고
그 날의 소녀의 눈빛으로 세월만 바라본다.

님의 향기

길 잃은 조각구름 하나
어설프게 만중거리다
푸른 하늘 등에 업혀
한 송이 눈꽃으로 피어나지 못하고
혼자 우는 어둠 속을 두드리는
그림자 발걸음 따라 비가 되어 흐른다.

세월 어느 틈에선가
사람의 여정이 힘들어 할 때
지팡이처럼 심어 두었던
삶의 나무 뿌리는
흙 속에서 빨갛게 타오르다
바위산 밑에 재로 앉을 수 없었다.

철지난 인생이라
눈길도 머물지 않지만
하염없는 생명의 소리가
이 밤도 사랑을 찾아가는
깊이 파인 그리운 눈길에
꿈속에 그림자는 말이 없다.

바람도 저만치 가 버리고
산천의 향기가 쉴 자리 찾는
인적 없는 고요한 골짜기에
메아리 품은 늙은 소나무가
구름 한 자락 잡고 산새를 명상한다.

세상 물결치는 춤가락 따라
바람개비 마음 돌아가고
숨어 우는 풀잎 머리 위에
낙엽 한 잎 떨어지는 어려움을 안고
저 기억 속에 꽃으로 피어 있는
님의 그 향기를 찾아간다.

삼도봉 천년의 꿈

세월의 발자취를 상상 속에 담아놓고
추억의 꿈 자락 저 편으로
멀리 돌아가 버린 역사의 향기는
산천에 메아리로 숨어버렸는지
님이 부르던 노랫가락 울리지 않고.

도담삼봉 사연 안은
애끓은 숨결은 어디로 갔을까?
나그네도 놓고 간 무거운 사랑으로
그림자 빛 흔적 없이 숨죽인 물결소리
입 담고 묵언 수행하는 얼음 품속을 맴돈다.

구름도 흘러가는 인적 없는 그리움만
산천을 보듬고 전설하는 강줄기 따라
이름 모를 들꽃 넝쿨이 손길을 모으고
님들이 놓고 간 남한강 세월마저
천년 약속 풍월을 아직도 읊고 있는데.

그나마 가고 없는 그 시절 자리
마음에 일어선 그리움 하나 잡고

세월 묵은 솔잎 사이를 감상하며
바람 한 점 걸린 구상나무 눈빛으로
그 날의 발자취를 하염없이 바라만 본다.

사람과 사람 사이의 인연

잘 익은 햇살만 먹고 산
단풍잎의 속마음은 색깔대로
얼굴에 물들어지지만
차디찬 바람을 몸에 두른
나뭇잎의 속생각은 꿈속에 있으니
생명 없는 님의 숨은 몸짓 심보를
그 낙엽의 속처럼 어찌 알 수 있으리
모두가 자연의 마음이 아니겠는가?

사방 천지간 산천자락 잡고
사흘 낮밤을 울부짖던 바람소리도
때가 되면 인연 따라 가고 오는 사연들
세월 속에 핑계도 많지만
눈 뜬 사물이나 눈 감은 사람이나
공중 곡예하다 물에 빠진 눈이 되고
겁 없다 달려가다 바위에 부딪친 바람이 될지라도
그때 아는 것이 무슨 소용이 있었겠는가?

천연 향기는 나무숲을 떠나지 않지만
사람의 분가루 향기는 사람 속을 떠나가는데

떠난 그 사람이 어찌 진실의 눈 속에 남아 있으랴
사람은 먹이를 찾아다니는 짐승의 인연이 아니니
떠나버린 님의 발자국 하나 사라질 쯤이면
풀숲에 숨어 있는 아지랑이 손짓이 님을 찾을 때
저 먼 산을 넘어가는
햇살 한 조각이런가 하지 않겠는가?

여보게 그때는 이미 달그림자 품고
만유에 사랑으로 흘러가는 물결이 되어
떠나간 님들 서글피 우는 물새의 사연을 들어보며
만감의 추억을 보듬고 있노라면
사계절 세월 지킨 저 소나무 머리 위에는
달그림자 내려앉아 있을 것이니
저 소나무 그늘 하나면
빈자리 채우고도 남을 걸세 걱정 말게나.

영혼의 꽃송이

웃음도 눈물도 한 몸에 기뻐하며
꽃이 핀 하늘 가득한 사이로
구름 살결은 사랑의 깃털처럼
오묘한 환상의 춤을 이루며
어둠도 헤치고 새벽길 향해 님을 찾아간다.

마음도 보지 못한 수줍은 여울 속에
가지런히 울려지는 생명의 숨소리
울고 웃던 어두운 무감의 세월 안고
천년의 빛깔로 향기를 품은 채
삶을 붙잡고 여기 앉을까 망설인다.

님은 가고 청춘은 가도
쉴 자리도 거칠어진 인생살이
고독을 부여잡고 몸부림쳐도
말이 없는 여백은 보따리만 받아주고
연약한 심성자리 손수건을 건넨다.

굽이굽이 돌아온 세파에 움켜쥔 사랑을
불씨를 놓아 가슴으로 녹아내며

빨갛게 피어나는 님의 꽃송이가
만상의 세상 거울 속에서
바람까지 소멸 없는 영혼이 된다.

그림자의 눈물

세월이 남기고 간 텅텅 빈 고목에
바람 한 점 형상을 닮은
길 잃은 님의 목소리가
나뭇잎을 품고 숨죽여 우는
어둠 속의 부엉새처럼 귓전을 붙잡네요.

날개가 없어 날아갈 수가 없나요?
다리가 없어 걸어갈 수가 없을까요?
인연의 자리에서 업을 안고 꼼짝없이
꿈속을 여미는 하나 된 그림자처럼
눈물짓는 소리도 없이 울어대나요?

사람도 없고 님도 없는
고독한 시간이 여백을 싸매고
시끄러운 세상 발걸음 놓고 들어와
영혼의 가슴을 다칠까 봐
산새들의 고향에서 마음을 내려놨나요?

님이여 님이여 무엇이 그리도
사악한 바람에 할퀸 님의 상처

땅을 부둥켜안은 풀잎처럼
여린 가슴에
숨 쉬는 봄날 같은 생명의 바람
단단한 내 마음에 꽁꽁 묶어 보냅니다.

아버지의 세월

아버지 아버지의 이름 세 글자 속에는
세상보다 큰 꿈의 보따리가 부풀어 있고
자식을 위한 소원이 담겨져 있는
하늘 보물 같은 아버지 은혜 속을
그 무엇으로 채워 드릴 수가 있겠습니까?

일년 열두 달 바람 잘날 없이
저 높고 넓은 산천을 운명으로 지키는
낙락장송의 뿌리 깊은 숨 쉬는 그림자로
자연 풍파를 온몸에 품고 앉아 있는
든든한 바위 같은 불멸의 힘이었습니다.

어머니는 어둠을 밝혀주는 달빛이었다면
아버지는 찬바람 불고 눈비가 내린 날에도
삶의 발걸음을 뜨겁게 달구는 햇빛처럼
온 종일 하늘 중천에 떠서
사연 절절한 인생 희로애락을 태우셨습니다.

이제는 세월을 잡아서 그려놓은
평온한 석양 노을빛 사랑으로

자식들 마음 속에 영원히 지울 수 없는
현실과 영혼의 생생한 꿈이 되어
날마다 그 길을 찾아가고 있습니다.

세월이 눌려 앉은 빛바랜 자국이 된
하얀 모자를 까맣게 색칠하고
마음 속에 깊이 깊이 감춰 놓은
청춘시절을 폼잡아 보시던 아버지가
한없는 그리움처럼 멋져 보이셨습니다.

아버지가 세월 속에 남긴 흔적을
바람인들 잡을 수가 있겠습니까?
저 물결인들 담아 놓을 수가 있겠습니까?
저 구름인들 싣고 갈 수가 있겠습니까?
낙엽에 내린 슬픈 비처럼 젖어 갈 수 있겠습니까?
세월보다 긴 아버지의 이름 석 자
평생 불렀어도 닳아지지 않는 아버지 이름 석 자
세상에 공기처럼 오래오래 머물러 계셔서
가슴 속에 지나온 시절 가득 잡아 두시고
젊은 마음 속에서만 세상을 보십시오. 아버지.

꽃망울과 가랑잎

산천을 거닐던 바람소리
한 박자 두 박자 숨고르며
멈칫 멈칫 엿보는 자리에
아가의 입술 닮은 꽃망울이
봄날 가는 행진곡을 울린다.

한세월 지나가나 싶은 구름도
자연의 길손으로 꽃구름 피워 올라
소나무 사이에 얼굴 비치니
나뭇가지 앉아 놀던 산새들도
옹달샘 바라보며 깃털을 고른다.

님도 달도 없는 나날
신록의 눈동자는 깨어나지만
눈에 덮인 흔적 벗고 나니
벼랑 끝에 아슬하게 발 딛은
물 젖은 가랑잎 하나 혼자 누워 있구나.

눈도 녹아 물결에 기운을 싣고
나뭇가지에 매달린 찬바람도

철지난 그리움을 어찌 하겠소
한 줄기 햇살에 내준 자리에는
이파리 손잡고 꽃으로 피어납니다.

유 문 숙

고향의 유정 · 어머니의 눈물 · 사람의 인연 · 겨울 손님 · 꿈길 속에 그 소녀
사람의 미학 · 마음의 자리 · 진실의 마음 거짓된 생각 · 사람과 삶의 길 · 가족의 사랑

마포초등학교 운영위원장
마포구 도화동 주민자치위원장
마포구 여성발전기금 심의위원
새마을 금고 전무
마포구 복지위원
민족 아리랑 문화예술협의회 정책위원장
시문학 동인회 시인
더불어 사는 사회 공동체 이사

고향의 유정

해가 뜰 무렵 한 번 해가 질 무렵 한 번
하루에 두 번 발걸음하는
느려빠진 완행버스 시골 사람 무시한
세월 잡는 내 고향 이야기다.

시골 버스 시간에 맞춰 생활을 하던 시절
일 년 열두 달 빠진 날도 많아
눈 오고 비 오는 날 우리 동네 사람들
읍내 소식 장날 봇짐 생활이 멈춰 버렸다.

버스가 정보 수단이었던 고향에
사람의 마음을 홀려 버린
흑백 텔레비전이 들어오던 날
멍석 깔고 어깨 사이로 얼굴 내밀었다.

그 시절 이십 리 길이 넘는 학교길을
눈이 와도 비가 와도 바람길이 붙잡아도
내가 학교 가는 길을 막지 못했고
초등학교 6년 동안 빛나는 개근상을 받았다.

내가 살던 고향은 봄빛 머금은 이웃집 처녀
장독대 앞에 주름 잡은 봉숭아로 피고
내 동생 아기 개나리 손가락 펼치며
꿈을 심고 키우던 그리운 가슴이 그 날을 본다.

어머니의 눈물

천지간에 울리는 소리
내 넓은 가슴에 담아
깊은 골짜기 따라 어머니를 부른다.

한 마디 작은 입술로
메아리 수보다 더 큰 울림이
서로 먼저 뛰어나오려고 울부짖는다.

말문이 꽉 막힌 입술에는
더듬더듬 어머니를 찾아
다시 옛날 품속에 묻어 잠이 든다.

언제 어느 세월쯤에서
두 눈으로 확인할 수 있으려는지
그리운 보따리는 풀어질 수 있을까?

덜지 못할 인생의 멍에처럼
세월이 가도 나는 여기 서서
어머니를 내 등에 재워 가련다.

어머니 신비한 자장가는
막힌 세상 길 뚫어 주는
꿈길 같은 노래가 아니었던가?

어머니의 피와 살이 제 몸인 것을
내 자식을 위한 억만 분의 일이라도
맴도는 사랑 한 조각 떼어 주지 못했을까?

사람의 인연

향기만 품어 가는
꽃과 나비의 인연은 악연일까?
꽃과 벌의 인연은 악연일까?
나비가 싫은지 벌이 싫은지
활짝 웃고만 있으니 꽃의 마음을 알 수 없다.

사람과 사람의 인연
구름 속에 비처럼 내리고
바람 속에 햇살처럼 비쳐지며
원망과 그리움을 낮과 밤처럼
그림자 같은 존재로 묵묵히 서로를 바라본다.

어떤 운명은 애달픈 꽃에 내린 비가 되고
어떤 숙명은 고달픈 꽃에 햇살이 되어
인생길 앞뒤에서 눈물짓고 눈물 닦으며
서로의 애달픈 연분이 아닐지라도
부서진 핏빛 노을만은 만들어 간다.

인연의 끈을 잡을까 말까 장님 문고리 잡듯
뒤돌아서서 마음 속에 묻어 둘까?

사람은 신의 조화물이므로
악연일지라도 품고 가면
피고 지는 사물처럼 섭리되지 않을까?

겨울 손님

첫 사랑 겨울 손님은 소리도 내지 않고
바람에 날개를 달고 춤을 추며
일년 동안 기다림은 추억을 찾아 그리움을 찾아
손님처럼 반갑게 설렘으로 온다.

상상의 저편 하늘나라 어느 곳에 살고 있었는지
마음 하나 변하지 않고
그림 같은 환상으로 시 같은 영혼으로
때가 되면 하얀 옷을 입고 내려온다.

자연을 온통 품고 세상 겨울 향기를 위해
새벽 같은 맑은 마음 열어 놓은 채
내 동생 눈빛 닮은 눈꽃도
집 마당에 피어나는 얼굴이 된다.

아무도 볼 수 없는 어두운 밤 눈길을 거닐며
사랑으로 불러보는 이름으로
눈사람 하나 그려놓고
정다운 바람의 손길로 시를 짓는다.

꿈길 속에 그 소녀

꽃잎에 앉은 이슬이 풀잎에 묻은 빗 방을 비웃듯
물방울처럼 돌아가는 입술 모양으로
햇살에 눈부신 해 맑은 미소를 보인
새침때기 그 소녀는 누구였을까?

단발머리도 시샘했던 양 갈래 댕기 머리에
푸른 솔바람 향기 여고생의 치맛자락에 싣고
남학생들의 발걸음 장승을 만든
대낮에도 꿈길을 걸어가며 웃었다.

이쁜이 별명 봉숭아 꽃잎처럼 달고
고개 올려 하늘 한 번 쳐다보면
하얀 뭉게구름도 머뭇거리다
새털구름 한 조각 노을의 꿈 이야기 엿듣는다.

신작로 버드나무처럼 늠름한
그 소년들의 얼굴을 가슴에 숨긴 채
옆눈질 짝사랑에 묻어둔 남자애들
추억의 먼 마음 속에서 이름 모를 그림자로 희미하다.

사람의 미학

토끼처럼 빠르게 가면 많은 것을 볼 수가 없고
거북처럼 천천히 가면 많은 것을 볼 수가 있지요.
세월은 토끼 등에 업혀 가더라도
사람은 거북이 등에 업혀 갑시다.

바람 손에 날아가는 화려했던 단풍의 마음은
땅을 바라보지만
물결 위에 누워 가는 낙엽은
흰 구름 돛대 달고 넓은 하늘을 바라본다.

바람이 가는 길에 구름이 가는 것 같지만
물과 흙의 인연 사이처럼
비 오는 길은 바빠도 눈 오는 길은
사람 발걸음 세월을 잡는다.

사람의 미학은 자연이 가는 길을 따라
사계절 피고 지는 길로 쭉 가면
가을의 뒤를 돌아보며 겨울의 긴긴 날 꿈에 잠겨
봄날을 위한 생명을 깨운답니다.

마음의 자리

마음의 여유는 어디 있을까?
느낌의 자유는 어디 있을까?
오늘도 지나가는 시간은
나의 숨소리를 이끌고 간다.

지금 이 삶의 자리에서 잠자듯
잠시 눈을 감고 꿈을 꾸어 보자
이 세상에 주어진 나의 시간을
무엇을 위해 쓸까 생각해 본다.

한 사람 한 사람 누굴 만나서
사랑을 털어놓고 세상을 살아갈까?
눈감은 마음을 눈 뜬 마음으로
세월 바라보는 명상을 만나러 간다.

어느새 먹구름은 뭉게구름 되어
내 꿈을 싣고 푸른 하늘을 거닐며
세상을 한눈에 넣고 바람처럼 날아서
꿈꾸는 밤이 생시로 가는 새벽이 나를 깨운다.

진실의 마음 거짓된 생각

산천에 나무를 바라
한 번 인연 맺은 자리 뿌리를 내리면
아무리 거센 바람이 불어와도
그 옹상함을 지키기 위한 몸부림은
위대한 생명은 진실의 역사를 만들어 간다.

세상에 사람으로 나서
손톱만한 작은 일을 큰 산을 파헤치는
인연을 헐뜯어서는 안 될 것이니
눈앞에 보이는 길이 놓여 있는데
뒤꼭지에 달린 눈으로 거꾸로 가다 넘어지느냐?

살다 보면 사람의 상처 중에
꿰맬 수 있는 흔적도 있지만
고름이 살이 안 된다는 격언처럼
일찌감치 도려내야만이
새살이 돋아 올라 건강을 찾을 일이다.

천 길 물 속 길은 알아도
한 길 사람 속은 모른다는 이치가

구름은 구름이고 바람은 바람이라 했거늘
어찌 사람의 마음에 흙이고 돌이며 다 품겠는가
진실과 거짓은 흑과 백처럼 섞여질 색깔이 아니다.

사람과 삶의 길

화려한 꽃이 피었다가 지면
그 자리에 씨앗이 꿈을 품고
바람이 세차게 지난 자리
낙엽 하나 뒹굴며 겨울 길을 간다.

앙상한 나뭇가지 끝이라 여기지만
차디찬 눈보라가 온몸을 휘감아도
주야 긴 밤 엄동설한 서린 정은
깊은 잠에서 깨어나 그리움을 잉태하지 않더냐?

그렇게 섭리에 따라 생동하는 계절처럼
사람의 삶도 그러하지 않겠는가?
일의 시작과 끝은 낮과 밤 같은 것이니
사람의 일은 자연의 사물이 아니런가 하더라.

세월 길은 같아도 사람의 삶의 터전은
사람 수만치나 생각이 다르겠지만
짙은 안개 속을 헤쳐 가는
햇살의 뜨거운 가슴으로 새로운 일을 부른다.

새처럼 훨훨 공중을 날아
산을 넘고 바다도 건너
자연의 고향에서 노래하고 싶지만
다시 꿈의 손길에 마지막 꽃을 피우고 싶다.

가족의 사랑

나의 사랑은 내 가족에게
문풍지를 울리는 바람이었을까?
마당 위에 머무는 구름이었을까?
틀면 나오는 시원한 수돗물이었을까?
그 무엇이든 무언의 약속이었을 것 같다.

가족이란 사랑의 굴레 속에서
서로 이해만 바라는 큰 마음 안에
세상에서 가장 소중함이 담겨져 있지만
때로는 발 못을 잡은 멍에를 짊어지게 한
삶이 몸무림치는 꿈과 절망이기도 했다.

평생 운명이라 여기며 맺어진 인연
천륜의 관계는 정해진 선이 없고
오직 가족이란 이름 속에 행복을 이루며
언제나 봄날의 꽃향기보다 향기로운
신선한 기운이 머무는 사계절 나무가 아니겠는가?

장구한 세월이 흘러가도
파도에 빛나게 닦여진 진주처럼

낡아도 좋은 것은 가족이요
오래 오래 될수록 아름다운 것은
부모형제 자식의 사랑 품는 생명이어라.

김안숙

서초구의회 의원
전국 여성 지방의원 네트워크 감사
민주당 여성의원협의회 감사
가톨릭대학교 서울성모병원 사랑나눔회 회장
(사)한국여성정치연맹 서초지회 회장
민주당 서울시당 사회복지위원회 위원장
민주당 중앙당 문화예술위원회 부위원장
민족 아리랑 문화예술협의회 공동회장
시문학 동인회 시인

고향의 세월

세월 틈새로 고향 땅을 돌아보니
세상 길 얼마나 멀게 왔는지
눈뜨고 뒤를 보면 꼭 손에 잡힐 것 같은
어젯밤 꿈에서 숨바꼭질 놀이처럼
우리 집 마당 한 바퀴 같은데 어언 30년이 걸렸다.

눈감으면 한 눈에 사진 한 장 속으로 쑥 들어온
그 긴 시간 누굴 위해 무엇을 찾아 나 여기까지 와서
그 세월은 가고 없는데 늙어 가는 인생을 붙잡고
마음 속에 고향이 되어 버린
그 옛날 고향을 그려보는 얼굴을 본다.

어머니가 나를 낳은 생명의 자리
강진 탐진강 푸른 물결을 타며
금빛 햇살에 은빛 자태를 뽐내던
날렵한 은어 떼의 몸놀림은
나의 청운의 꿈이 빛날 그리움이었다.

아지랑이 바구니 틈새로 들어와
순진한 봄나물들과 사랑을 속삭일 때

나도 친구도 푸른 들판에서
동심에 피어나는 향기가 봄빛 먹은 들꽃처럼
세월 따라 자연 따라 부푼 꿈을 키워 갔다.

다시 꾸고 싶은 어젯밤 꿈속 같은 내 고향 강진
눈이 먼저 가는 청자 빛에 햇살도 돌아가고
세상 길 큰 흔적이 된 정약용 선생
마음 길에 숨결이 된 김영랑 시인 손짓해 준 인적은
사람이 사는 길에 해와 달 같은 섭리였다.

고향의 나날이 구름에 가린 희미한 초승달 같지만
서울에서 꿈과 일들이 쉬고 싶을 때
세월을 다시 찾아와서 고향집 감나무에 걸어두고
고향의 꽃 같은 얼굴로 고향의 시냇물 같은 마음으로
그리운 향수를 품고 다시 세상의 꿈을 꾸고 싶다,

어머니의 세상

세상에 나서 맨 먼저 인연은 어머니의 숨결이었습니다.
오십 년 동안 목메여 헤아리며 어머니를 불렀지만
어머니 이름은 닳아지지도 않은
나 어린 시절 입술에 그대로 놀고 있습니다.

세월의 긴 여정을 돌아왔는데도
어머니는 고향집에 마음까지 남아 있는데
임자 없는 세월 길에 달빛 품은 먹구름 줄기 따라
긴 흰머리만 날리고 있습니다.

꽃가마 타고 시집오던 친정 길에
꽃빛 새 각시 자태 조금만 내려놓고 오시지
누굴 위해 그 청춘에 세월을 혼자 다 뒤집어 쓴
무거운 삶을 살아오셨습니까?

자식을 낳아 기른 여자의 일생 어머니의 길이었나요?
사람들은 모두 어디 가고
어머니 혼자 어둠 같은 세월 길을
어찌 그리 먼 길을 걸어야 했던가요?

바람이 지나면 또 바람이 불어오듯이
어머니 효심이 마음에서 맴돌다
입술로 나온다 싶으면
어느새 바람 따라 세상 속으로 가 버립니다.

새롭게 맺지 못할 어머니의 인연
새롭게 짓지 못할 어머니의 이름
날이 새도 밤이 와도
언제나 잠에서 깨어난 새로운 생각입니다.

소원 담은 생명의 편지

아들아! 아들아! 아들아!
천만 번 부르고 또 불러도
엄마 입술에는 한 번의 울림소리에 불과하단다.
메아리 '야호' 한 마디가 수많은 울림으로 퍼져 나가듯이
엄마의 가슴 속에는 아들 이름을 담은
울림통이 그보다 훨씬 크단다.

아들아! 아들아! 아들아!
너와 엄마 사이에는
성스러운 신이 한 분 살고 계신단다.
너의 아픔이 내게로 맥박처럼 전해 온다.
엄마는 너를 부를 때마다
세상을 휘젓고 가는
바람의 마음처럼 간절해진단다.

엄마는 너의 아픔을 얼음 속을 흘러가는
겨울밤의 물결처럼 품고 있단다.
아들의 그림자를 보고 울어 보는 엄마는
만지지 못하는 공기와 같은 소망으로 기도한단다.

이제 엄마 키보다 훌쩍 커 버린 아들아
너의 키가 커 온 것처럼 세월도 사랑도
건강도 그렇게 지켜질 것이다.
사랑의 유일한 목적은 영혼에 있는 꽃이란다.
그 꽃은 생명의 면류관으로 아들 머리에 씌워질 것이다.

겨울의 상상화

하얀 눈송이가 상상화를 이루며
공중에서 그리운 자태로 님을 찾아
나뭇가지에 눈꽃으로 피어올라
사람들의 눈 속에 조용히 앉아
아름다운 세상의 풍경을 노래한다.

소복소복 쌓인 눈길 사이로
겨울 바람은 시샘한 님의 발자국처럼
산에 오른 인적을 가로막지만
산허리 감은 눈꽃송이 아우성은
저 높은 곳에서 빨리 오라 손짓한다.

한 걸음 한 걸음 오를 때마다
찬바람을 막아 주는 땀방울이 몸을 씻어주고
숨어 울던 메아리의 울림은
산자락이 내쉬는 숨결 살아
자연의 오묘한 기운이 절로 솟는다.

사람의 그림자까지 신선이 되어 오른
겨울 산행의 묘미가 바람결 리듬을 타고

세상의 맛을 마음 속 깊이 가득 담아 보면
하늘에서 사색의 세월을 그리는
한 조각 구름인들 어찌 부럽겠는가?

봄 향기 첫사랑

입춘 나들이 바람 입에 물고
편지 한 장 손에 든 채
봄길로 돌아선 세월의 손 자락에
눈 덮인 풀잎 넝쿨 사이로
간간이 얼굴을 내미는 햇살에 섞여
아가 아장 아지랑이 피어오른다.

손사랫짓하듯 굽이친 물결에
가는 세월 흘려보내고
옷자락 붙잡는 실바람 잡아
들꽃이 꿈꾼 머리맡에 놓고
눈을 크게 떠서 앞을 보니
겨울 꽃 수정 고드름이 눈물 흘린다.

눈이 오고 비가 온 뒤
자연 따라 기운을 부르고
꾸밈없이 꿈꾸는 소리가
맑은 마음으로 봄을 부르니
겨울을 이긴 생명들이
비몽사몽간에 눈을 뜬다.

긴 엄동설한 몸부림에
생명을 잉태한 숭고한 소원은
봄 색깔에 첫사랑 향기를 내밀고
꽃씨 하나 손에 소중히 싸들면
옛날 옛날 우리 어머니 손잡고
고향의 봄길에서 아지랑이처럼 피어보고 싶다.

봄처녀 오신다

세월을 붙잡아맬 듯
동장군의 강한 몸부림도
자연의 인연 앞에는
그 기운을 운명으로 내려놓는다.

가는 발길 오는 손길로
각자 방향은 달라도
꽃샘추위 속에 마음을 섞지만
겨울 추억 봄 생각이 서로 갈 길로 돌아선다.

찬바람 눈보라를 온몸에 풀고
새 생명의 잉태는 깊은 잠에서 깨어
그 날의 기운을 사계절 사랑으로
소나무 푸른 잎에 실어 놓고 간다.

흘러가는 구름 따라
피어나는 아지랑이 걸음 따라
모질게도 숨겨 왔던 한철의 아픔을
그리움의 추억 속에 담아 놓는다.

가슴 깊이 품어 왔던 웃음소리는
산 들판에 향기의 울림이 되어
겨울이 남기고 간 자리에
수줍은 봄처녀 치맛자락 펼친다.

엄마 딸 사랑의 빛깔

밤에는 꿈속에서 찾아 헤맸고
낮에는 산천을 파고드는 메아리처럼
온종일 울어대는 기도소리로
상상의 기쁜 날의 세월을 품고
멀고 먼 마음 속에서 님(딸)을 불렀단다.

세상 어딘들 가고도 남을
바람에 실어 인연(딸)을 찾아갔지만
소원 담은 천상의 선녀 빛깔은
엄마와 딸의 천륜적인 인연으로
아침 하늘에 구름 한 조각 떠돌 뿐이었다.

결혼 후 20년으로 가는 나날 속에
반가운 선물이 된 손님(딸)은
꽃바람으로 만들어진 마음에다
단풍 색깔로 물들어진 고운 성격이
꼭 엄마를 닮았다고 사람들은 입을 모은다.

사물이 자연의 섭리에 적응하듯
은하수 물결 같은 내 딸의 마음이

엄마가 아침 첫 인사로 부르는 똑똑똑 소리에
꿈 많은 소녀 여고시절의 하얀 빛깔이
옛날 나처럼 세월을 만들어가고 있다.

태양은 소망으로 뜬다

하루해가 생각을 내려놓은
붉은 석양 노을 빛 따라
눈동자 여울 조용히 들어오는
그 길을 뒤돌아볼 새도 없이
바람처럼 쉬지 않고 찾아갔다.

하염없는 소망이 머문 그곳은
하늘의 어둠을 이야기하는 별처럼
사랑을 부르는 초롱초롱한 눈빛으로
무거운 몸짓을 부여잡고 어루만지는
손길 하나 하나가 미소를 만들어 주었다.

그 옆에 어머니 마음 담아 놓은
영원히 소원 풀어 줄 달님도 있으니
인생 길 어두운 밤길이 길다 한들
검은 그림자도 사라질 때가 있듯이
아무도 없는 이른 새벽 길 내가 먼저 걷는다.

한밤중 꿈 한 번 꾸고 나면
희망을 비쳐줄 태양 빛은

한없는 산 같은 내 가슴에
온 종일 세상을 골고루 달구는
붉은 해 덩어리는 밝은 웃음으로 떠오를 것이다.

시작과 끝자락의 차이

인생 세상에 그리움으로 태어나서
삶의 자락을 붙잡고
꿈과 사연을 만들고
마지막에 누굴 위해
그 사랑의 마음을 내려놓는가?

날마다 돌고 도는 하루하루가
시작의 시간 끝나는 시간
고통 속에 행복을 찾아 헤매는 인생살이
하늘에 마음 하나 놓을 곳 찾아보는
부질없이 떠도는 구름 한 조각일지라도.

사는 날까지 태풍처럼 숨막히는 아우성으로
천지간을 흔들고 깨우며 일어서고
밀려왔다 부서지며 또 한 몸으로 일어서는
파도의 영원한 생명력을 움켜쥐고
성스러운 기운으로 살아가는 인생이라.

그 자리에 나의 바른 흔적을 남기고
내 뒤를 따라 오는 사람 돌아가지 않게

무겁고 수고한 짐 받아 들고
서로서로 어깨동무 발걸음 맞춰
사계절 피고 지는 자연처럼 살아가려무나.

소녀의 사색

꿈의 향기를 마음 속의 풍선처럼
가득 불었던 여고시절 오월의 장미도
푸른 이파리에 얼굴을 숨겼다.

까치소리 입에 물고 노래 부르고
우물가 두레박 소리에 리듬 치며
하얀 순정을 다지던 그 날이었다.

철 따라 갈아입은 산천은 그대로 유구한데
사람의 추억은 무정 길에 앉아 내 마음 속에서
술래만 자꾸 자꾸 돌아가고 있구나.

그 옛날 같이 놀던 세월아
내 친구 혜숙이를 어디다 두었느냐?
검은 빛 단발머리 세월 길을 잃었는지 볼 수가 없구나.

찐빵 속 팥 맛 같았던 친구들의 달콤한 그리움이
행여 세월 바람에 실어 올까 귀를 열어봐도
그 날의 풍금소리는 울리지 않고 산천에 메아리 소리만 들린다.

김미경

어머니의 물결 · 겨울 숲의 꿈 · 동행하는 미로 · 꿈꾸는 나그네 · 겨울날의 초상
그리움의 긴 숨결 · 길 위에 사람들 · 봄비 소리 · 눈물 자국 · 세월 빛 메아리

제3대 계룡시의회 의원
민주통합당 문재인 대통령후보 특별보좌관
민주통합당 사회문화예술특별위원회 부위원장
계룡시 민주평화통일 자문위원, 교육분과위 위원장
계룡시 바른 선거시민모임 사무국장
충청남도 도정평가단
18대 대통령선거 민주통합당 충남선대위 소통부본부장
민족 아리랑 문화예술협의회 대변인
시문학 동인회 시인

어머니의 물결

바람이 실려 가셨나요?
세월에 타고 가셨나요?
어머니를 목메어 붙잡아도
바람은 귀가 먹었는지
듣지도 못한 채 지 갈 길만 가고
어머니를 땅을 치며 통곡해도
흙도 벙어리 냉가슴처럼 말이 없습니다.

남강의 저 물결은
어머니의 젊은 시절
강낭콩 색깔 치마폭처럼
빛을 머금고 출렁거리고
하얀 눈 속에 동백꽃보다
더 붉은 노을빛이
이 자식의 눈 속에서
어머니를 보내지 못한 채
여울지는 그림자로 물들어 있습니다.

어머니
세월 품이 짧았나요?

세상 품이 좁았나요?
어머니의 큰 그림자가 쉴 자리
숨 돌리기가 답답했던가요?

하얀 치마에
빨간 장미꽃을 피워놓고 가신
지울 수 없는 어머니의 흔적은
날마다 날마다 밤이 되면
남강 물결에 달빛으로
내 마음에 흘러가고 있습니다.

겨울 숲의 꿈

나그네 마음 같은
캄캄한 겨울 숲 속에서
하얀 꿈을 꾸며
아직 깊은 잠에 빠져 버린
님을 만난 나무들이
생명의 이야기를 만들고 있다.

바람이 아무리 건드려도
눈발이 수북이 손짓해도
몸짓 발짓 미동도 없이
깊은 사색에 빠져서
뒤처진 세월 잡아 놓은
시인을 닮은 모습이다,

바위 틈새 얼어붙은 땅 속에
낮은 데로 자리한 뿌리의 고독은
조용히 발밑에 떨어지는
푸른 솔잎 향기를
그 날의 님의 흔적인 듯
숨죽인 채 침묵 속에 담아 둔다.

동행하는 미로

애정이 가득한 여정 길
세상과 동행하는 미로
뜬구름도 가을 길을 멈추고
삶의 발자국에 앉아 있다.

아지랑이 도란도란 언덕에 앉아
흐르는 봄 향기 전율을 부여잡고
천상의 꽃이 될 님을 향해
서성이는 감미로운 목소리 불러준다.

산천에 가득 채운 흥겨운 빛깔이
무거운 가슴 짐을 내려놓고
가벼운 진실이 어우러지는
님의 꽃밭 찾아 나비가 날아온다.

울타리도 없는 한마당
망향의 시간 속에 녹아든 사랑도
나부끼는 세월 노닐던 색깔들
마냥 붙잡고 싶은 연분홍 그리움이다.

꿈꾸는 나그네

사람들이 사는 나라
한 눈에 세상천지가
동화 속의 인형집 같은
희미한 안개 빛으로
삶의 자리가 점점 점으로 앉아 있다.

산 능선에 호수 같은 골프장도
영혼의 여백 하얀 눈 속에
님의 발자국 그리는
조용한 숨결을 품고
겨울 그림자 꿈속에 잠겨 있다.

바람보다 빨리 몸을 피한 나무도
인적 없는 세월의 흔적을 지키는
외로운 나그네의 몸가짐으로
끊어질 듯 이어지는 인연처럼
논밭을 지키는 그림자로 서있다.

세상의 핏줄처럼 늘어진
산허리 들판을 휘감은 강줄기는

하얀 은하수 물결이 되어
겨울의 눈빛처럼 반짝거리고
날아가는 철새 불러 외로움을 달랜다.

하늘에서 본 사람들의 세상도
누가 누구를 위한 세상이 아닐진대
사람마다 자랑과 위선적인 권세가
바람결에 날아갈 티끌만한 차이를
영원한 꿈인 양 무거운 마음만 메고 있구나.

겨울날의 초상

잠이 덜 깬 구름 사이로
조용히 흐르는 달빛 이야기 엿듣고
햇살도 눈 비비고 일어나 얼굴을 내민다.

세상이 내려다보이는 공중에서
무엇을 그리 하염없이 생각하나
작은 구름 하나 움직이지 않는다.

차고 오르는 세찬 골바람 소리
휘어지는 갈대 허리를 잡고
그리움을 붙들어 동여맨 채 강물에 비친다.

축 늘어진 메마른 풀잎 줄기
이슬 한 방울 젖지 못해도
꿋꿋한 자태 지키는 눈동자는 생생하다.

두터운 얼음장 속을 비집고 흐르는
영롱한 낙수 물소리가
청산을 부르는 꿈속에 이야기를 부른다.

바람 한 점 머물 수 없는
차가운 빈 몸뚱이 겨울나무에
인정 담은 사람의 손길 어디다 걸어 놓을거나.

그리움의 긴 숨결

긴 그리움을 꿈꾸다
어둠 속에 님의 얼굴을 잊고
웃음 속에 아우성치는 눈빛이
가슴에 찬바람이 불어오던 그 날
인연의 그림자로 숨 쉬지 말아야 했습니다.

당신을 기다렸던 아름다운 시간은
미성에 속삭임으로 추억에 잠든
사랑의 발자국 소리도 멈춘 거리
화살처럼 흘러가 버린 세월 속에
이제는 당신은 보이지도 않습니다.

그 날의 깊은 인연들이
내 마음을 맴돌고 있을 때
떠날 사람 목소리 귓전에 담지 않고
짙은 안개 속에 흩어질 사연이라 흘려도
옷자락을 잡은 손을 끝내 놓지 못했습니다.

행여 세월 속에 잊을까?
그러다 저러다 꿈속에서 떨칠까?

지난 온 자리 흔적을 샅샅이 지워도
달빛이 따라 오는 하늘 길처럼
님의 그리움은 입을 담은 사무친 그림자입니다.

길 위에 사람들

꿈을 찾으려 길을 가고
탐욕을 만나려 눈뜬 장님처럼
공중 곡예하듯 외줄에 서서
숨소리 한 번 고르지 못하고 달려온 여로다.

날마다 짊어지는 삶의 무게를
티끌만치도 비우고 덜지 못하고
이고 지고 메고 들고 보듬으며
무엇을 더 얻을까 마음을 확대한다.

천지간에 널려 있는 그리움은
한낱 지나가는 산들바람이라
비가 와도 눈이 와도 계절이 바뀌어도
사람 사는 이치 아직도 어둠 속에 묻혀 있다.

만복을 내 것으로 움켜쥐려고
육신이 고통스러워 해도
마음은 자꾸 검은 손길을 내밀며
더러운 입으로 짐승처럼 먹이만 찾는다.

봄비 소리

환상곡 선율로 울리는 봄비 소리에
가로등도 황홀에 젖어 눈물짓고
나뭇가지 잎새마다 연주의 손길로
자연의 울림이 가슴에 스미는 생명이 된다.

화려한 빛으로 웃던 향기도
천생의 인연이라 여기며 장단 맞춰
바람이 묻혀 놓고 간 티끌 하나
맑은 빗소리에 말끔히 씻어 내린다.

빛바랜 수채화로 그려지는
지나온 세월의 나날들을
가슴 속에 묻어둔 그 시간을 풀어놓고
향기 실은 봄비가 되어 흘러가고 싶다.

눈물 자국

가고 오는 사연 사연 속에
살길 찾아가는 철새 떼처럼
외로운 그리움을 마음에 담아
언제라도 오실 자리에
사랑의 집을 짓는 님이었으면 좋겠다.

살다 보면 맑은 날만 있을 수 없고
비바람 맞은 몸뚱어리일지라도
고개 들고 소리 없이 웃고 있는데
못 본 채 눈감고 돌아서는 발길이
어찌 떨어진 꽃잎이라고 슬퍼하겠는가?

잊지 못할 추억의 한 자락에
님의 얼굴 흐릿한 그림자로
어느 한 모퉁이에 남아 있어도
긴 영혼 속에 잠들지 못한
눈물 자국 하나로 남아 있겠소.

세월 빛 메아리

세월은
세상만사를 끌고 간다.
그래도 고단한 여정
아무런 흔적이 없다.

세월은
봄 여름 가을 겨울을 안고 간다.
그래도 시들지 않는 소생
언제나 밤낮으로 간다.

세월은
구름 위에 하늘을 품고 간다.
해와 달 같은 고갯짓
해탈을 달래며 고뇌를 벗고 간다.

세월은
뼈와 살을 심고 간다.
꽃 같은 삶 속에 해 저무는 노을
빛이 되는 메아리로 퍼져 간다.

아리랑 시문학회 편

아리랑 꿈

•

지은이 / 아리랑 시문학회
펴낸이 / 김재엽
펴낸곳 / **한누리미디어**
디자인 / 지선숙

•

121-840, 서울시 마포구 서교동 잔다리로 35 서원빌딩 2층
전화 / (02)379-4514, 379-4519
Fax / (02)379-4516
E-mail/hannury2003@hanmail.net

•

신고번호 / 제300-2006-61호
등록일 / 1993. 11. 4

•

초판발행일 / 2013년 4월 1일

•

ⓒ 2013 아리랑 시문학회 Printed in KOREA

•

값 10,000원

•

※잘못된 책은 바꿔드립니다.

ISBN 978-89-7969-448-2 03810